AF192339

F. U. Ricardo

Unendlicher, unergründlicher Nil

F. U. Ricardo

Unendlicher, unergründlicher Nil

Ricardo, F.U.
Unendlicher, unergründlicher Nil
– 1. Aufl. – 2011
Herstellung und Verlag:
Books on Demand GmbH, Norderstedt (www.bod.de)
ISBN: 978-3-8423-8109-4

Umschlagbild: © Silver Drareg@Fotolia.com

Vorwort

Der Nil ist der längste Strom der Welt. Also länger als der gigantische Amazonas, länger als die gewaltigen Ströme Russlands. Als die übrige Welt noch im Dunkeln lag, sind an seinen Ufern grossartige Kulturen entstanden und auch wieder untergegangen.

Seit vielen Jahren, ja sogar Jahrhunderten haben Entdecker versucht, die wirkliche Quelle des Nils zu finden, der aus dem innersten Afrika nach nahezu 7'000 Kilometern in Ägypten ins Mittelmeer mündet.

Liegt die Quelle des grossartigen Nil am Ufer des Victoriasees? Lange glaubte man dies, bis sie noch viel weiter entfernt entdeckt wurde, jener See hat aber wirklich gewaltige Ausmasse, beträgt doch seine Fläche gut eineinhalb Mal jene der Schweiz. Der Weisse Nil fliesst von diesem zweitgrössten Süsswasserbecken der Erde Richtung Norden zum Sudan. Dort vereinigt er sich mit dem Blauen Nil, der seinerseits in Äthiopien entspringt.

Alles in und um den Nil ist gewaltig, grossartig und irgendwie unfassbar!

1

Der Ägyptologe Dr. Samuel Kreuzer von der Universität Zürich traf sich mit der Archäologin Dr. Veronika Steiner vom Kunsthistorischen Museum in Wien in Kairo. Sie kannten sich eigentlich schon, denn bei Ausgrabungen vor dem Irakkrieg wurden sie im alten Babylon miteinander bekannt. Durch jene dramatischen Ereignisse mussten sie und viele andere Hals über Kopf aus dem Irak abreisen, wenn nicht sogar flüchten. Dies war eigentlich jammerschade, und zwar nicht nur wegen möglicher weiterer Ausgrabungen, denn es hatte zwischen ihnen gefunkt. Und wie! Sie verloren sich dann im allgemeinen Durcheinander und Trubel zwar aus den Augen, nicht aber aus dem Sinn!

„Samuel, du hier?", schrie Veronika förmlich auf.
„Mein Gott, was tust du denn in Kairo?
Ist das eine Freude, dich wiederzusehen!"

Sie stürmte auf Samuel zu, umarmte ihn stürmisch und gab ihm dicke Küsse auf die Wangen, so dass er zunächst ihre Fragen gar nicht beantworten konnte.

„Ich bin in Kairo, um dich endlich wieder zu finden!", erwiderte er, vor ehrlichem Glück nahezu platzend.

„Von wem weisst du denn, dass ich hier bin?"

„Reine Intuition!"

„Diese ist doch eher nur bei Frauen vorhanden!", lachte Veronika. „Nein, ehrlich: Woher und wohin?"

„Woher? Aus Zürich! Und wohin? In deine Arme! Um es kurz zu machen: Ich stand in stetem Kontakt mit dem Kunsthistorischen Museum in Wien und fragte monatelang, bis zur Verzweiflung der dortigen Auskunftsstelle, ob jemand wüsste, wo im Moment Dr. Veronika Steiner sich aufhält!"

Und eine Spur kühler fuhr Samuel fort, „Bis mir ein Herr Dr. Mittelbauer, angeblich dein Mann, mir mitteilte, du seiest im Moment in Kairo. ‚Warum ich dich suchte, und ob er etwas ausrichten könne', fragte er etwas hochnäsig und süffisant."

Einen Moment lang herrschte bleierne Stille!

Zögernd fragte dann Veronika: „Was gabst du denn als Grund an, mich zu suchen?"

„Unsere unvergessliche gemeinsame Nacht im Irak! Nein, natürlich ein wissenschaftlicher Austausch über die gemeinsame Reise von damals im Irak, bis die Amis einmarschierten, um Saddam Hussein zu stürzen! Dein Herr Gemahl war nicht sehr erfreut über meine Absichten!"

„Du kommst spät, Samuel, leider zu spät!"

„Warum hast denn du mich nicht gesucht? Ich erklärte dir doch damals, dass ich nach Zürich zurückkehre. Zürich ist ja nicht so gross wie Wien!"

„Samuel, das ist eine lange und etwas komplizierte Geschichte!"

„Erzähl sie mir bitte! Vielleicht haben wir hier in Kairo Zeit, obschon es nun auch hier brodelt und der sogenannte ‚arabische Frühling', an den ich noch nicht so recht glaube, für grosse Unruhe sorgt!"

„Ja, dass will ich tun. Aber sag mir, wie hast du mich in dieser riesigen Metropolregion Kairo mit ihren gut sechzehn Millionen Einwohnern überhaupt gefunden?"

„Wo wohnten wir damals in Bagdad und fühlten uns wie in den Geschichten von ‚Tausend und einer Nacht'? Im Hilton! Ich suche dich überall in der Welt im Hilton!"

„Soviel ich weiss, gibt es doch in Kairo einige Hilton-Hotels!"

„Ja, aber du schwärmest damals in Bagdad unter anderem von einem Conrad-Hilton in Hongkong. So suchte ich dich hier ebenfalls im Conrad-Hilton. Und siehe da, du bist hier! Wenn man die Vorlieben und heimlichen Schwächen eines Menschen kennt, ist es leichter, ihn zu finden!", lachte Samuel.

„Also, komm in mein Zimmer im 24. Stock. Dort hat man einen wunderbaren Blick zum Nil und über das gigantische Häusergewirr der Stadt. Gegen diesen unübersehbaren Steinhaufen sind selbst die Pyramiden nur noch klein. Und dort erzähle ich dir meine Geschichte!", forderte Veronika Samuel auf.

2

„Ich kam nach Wien zurück zu meiner Arbeit am Kunsthistorischen Museum. Dort wartete der Direktor des grossen Hauses, der mir schon längere Zeit mit lüsternen Augen nachstellte, auf mich und bestellte mich in sein Büro. „So ein Pech mit Ihrer Reise in den Irak", meinte er, und es tönte richtiggehend schadenfreudig.

„Wissen Sie, es ist höchste Zeit, dass die Amerikaner und ein paar Tausend Briten jenen Sauladen mal ausmisten! Dumm für Sie ist nur der Zeitpunkt dieser Intervention, denn das alte Babylon ist gewiss noch heute für Archäologen interessant. Seien Sie nicht allzu traurig, denn ich habe für Sie eine andere Aufgabe. Diese geht eher in den Bereich Ägyptologie, aber das ist ja auch ein unermessliches Betätigungsfeld."

Neugierig geworden meinte ich: „Berichten Sie bitte Näheres, Herr Dr. Mittelbauer!"

„Gerne, aber nicht hier im doch eher etwas tristen Büro! Darf ich Sie zu einem Abendessen ins Hotel Sacher einladen?" Etwas skeptisch sagte ich zu. Nun gut, der Tafelspitz war wirklich gut und der Wein schwer. Etwas beschwipst oder besser gesagt betrunken fuhren wir mit einer Taxe zu meiner Wohnung. Wie es kam, dass Mittelbauer in mein Appartement gelangte, weiss ich nicht mehr, denn mir war plötzlich so schwindelig und gleichzeitig fühlte ich mich doch leicht und übermütig, dass man mit mir vermutlich alles hätte machen können.

Partydrogen? Vermutlich, allerdings wie konnte ich ihm das beweisen? Jedenfalls erwachte ich relativ spät am anderen Morgen nackt in meinem Bett, mit einem Brummschädel, der jederzeit zu explodieren drohte. Mittelbauer war gegangen, aber ich bemerkte, dass er bei mir im Bett gelegen und mich sicher auch missbraucht hatte.

In unsäglicher Wut wollte ich meine Anstellung sofort kündigen, doch so schnell liess sich auf meinem speziellen Fachgebiet kein neuer Job finden.

Also zunächst eine Auszeit, die mir gewährt wurde. Ich reiste ins Burgenland und wollte in irgendeinem Kaff am Neusiedlersee wieder zu mir finden. Keine Telefonate, das Handy auf stumm geschaltet, die Briefe von ihm alle weggeworfen, durchlebte ich furchtbare Wochen wie in einem bösen Traum. Alles gipfelte noch in der Feststellung, dass ich schwanger war.

Zunächst wollte ich mich umbringen. Aber dazu war ich doch anders erzogen worden, und trotzdem ich kaum mal zur Kirche gehe, auch zu religiös. Ich brachte ja dann zwei Leben um! Und was konnte das arme werdende Würmchen dafür, dass ich ihm das Leben zerstörte, bevor es das Licht dieser ohnmächtigen, falschen und doch auch wunderbaren Welt erblickte?

Mittelbauer spürte mich auf. Wie, das weiss ich nicht. Wohl durch ein kleines Heer von Detektiven! Du kannst dir unsere Begegnung vielleicht ein wenig vorstellen? Er beteuerte seine grosse Liebe zu mir immer wieder, auch nach meinen wüstesten Beschimpfungen. Als er von meiner Schwangerschaft erfuhr, freute er sich sogar masslos. Seinem Wunsch, mich so bald wie möglich zu heiraten, gab ich unter dem Gedanken nach, ihm als seine Frau das Leben zur Hölle zu machen. Dass dies auch für mich zur Hölle werden würde, bedachte ich nicht.

Nach einer ausdrücklich von mir verlangten schlichten und kleinen Hochzeit reisten wir zusammen nach Ägypten. Kairo, vor allem das Ägyptische Museum, Luxor, Tal der Könige, Theben, Abu Simbel, Heliopolis, mit deren vielen Wundern der Antike besuchten und bestaunten wir. Zwischen uns herrschte aber Eiseskälte, die von mir ausging.

Allmählich dämmerte es Mittelbauer, dass bei uns nie ein echtes Eheleben entstehen würde, denn sexuell verweigerte ich mich ihm und drohte sogar, ihn mit einem vergifteten Dolch beim kleinsten Versuch ohne Hemmungen umzubringen. Ich machte ihm klar, dass mir *eine* Vergewaltigung genüge. Auch meinen ledigen Namen behielt ich bei. Niemals wollte ich mich Mittelbauer nennen.

Nach dieser langen Reise verlor ich mein Kind, als ich etwa im vierten Monat war. Ich weiss nicht, was heftiger war: der Schmerz über den Verlust oder die Genugtuung, nunmehr die Scheidung einzuleiten zu können.

Nun bin ich wieder in Ägypten, um die durch Unruhen entstandenen Plünderungen und Schäden im Ägyptischen Museum zu untersuchen und nach Wien zu berichten. Gegebenenfalls sogar, um gewisse Stücke abzukaufen und damit der leeren und durch Mubarak und seine Marionetten geplünderten Staatskasse bei einer neuen Regierung Geld für das Museum in Aussicht zu stellen.

„Ist die Scheidung schon eingeleitet?", fragte Samuel. Ihm war offensichtlich das Wichtigste, dass Veronika wieder frei wurde.

„In diesen Tagen erhält mein Mann Post von meinem Anwalt! Es wird ein Riesentheater geben, denn der ehrenwerte Dr. Mittelbauer kann sich einen solchen Skandal nicht leisten!"

„Willst du, dass ich an deiner Seite mitkämpfe?"

Spontan nahm Veronika Samuel in ihre Arme und flüsterte glücklich: „Tausendmal ja!"

Das angestaute gegenseitige Verlangen entlud sich darauf in einer heissen, glückseligen Nacht, deren Einzelheiten gerne der Phantasie des Lesers überlasse bleiben sollen.

3

Das Ägyptische Museum in Kairo mit über 120'000 Artefakten die weltweit grösste Sammlung ägyptischer Kunst, mit vielen Ausgrabungen von Pharaonengräbern, Schmuck und unzähligen Mumien, bringt einen Interessierten schon ins Schwärmen. Veronika und Samuel waren schon von Berufes wegen in höchstem Masse interessiert, ihre Gedanken weilten jedoch bei den Geschehnissen der vergangenen Nacht.

Zweieinhalb Millionen Besucher jährlich, das war der stolze Erfolg des Museums, das übrigens durch eine weibliche Generaldirektorin geführt wird. Ja, man staune, und das im doch sehr islamisch geprägten Ägypten. Veronika kannte sie gut, denn diese promovierte in Archäologie in Wien und lebte hernach fünfzehn Jahre in Deutschland.

Sie liess sich bei ihr einen Termin für sich und Dr. Kreuzer geben, der ihr gern gewährt wurde. Die Direktorin sprach auch fliessend Deutsch und Englisch, was die Konversation sehr vereinfachte.

„Liebe Frau Dr. Steiner, überlegen Sie doch mal objektiv, das Ägyptische Museum gibt doch keine Gegenstände her, auch nicht für viel Geld. Im Gegenteil, wir hätten da noch Forderungen an diverse europäische Häuser und auch an die USA, uns sehr wertvolle Artefakte endlich zurückzugeben, die gewiss in unseren Besitz gehören und nicht in Museen in New York, London, Berlin oder Wien, um nur die Wesentlichen zu nennen. Also, warum schickt Sie Ihr Mann nach Kairo?"

„Genau aus den genannten Gründen, die mir jetzt auch immer rätselhafter erscheinen, denn ich verstehe Ihre Haltung. Man kann nicht einfach alles mit Geld kaufen. Das sollte auch mein Mann bestens wissen. Ich habe übrigens die Scheidung eingereicht!"

„Ist Ihre Ehe nicht glücklich?"

„Nein, katastrophal!"

„Dann plant Ihr Mann vielleicht einen Anschlag auf Sie und will sich nur nicht selbst die Hände schmutzig machen! In den Wirren unserer Tage ist in Kairo manches möglich!
Bitte passen Sie auf sich auf! Wie lange sind Sie schon hier, und kennt Ihr Mann Ihr Hotel?"

„Zwei Tage, und ich habe ihm eine andere Ho-
teladresse angegeben!"

„Gut! Aber seien Sie vorsichtig und nehmen Sie die
Hilfe Ihres Begleiters in Anspruch.
Hier findet man Auftragskiller für wenige Dollar!"

„Danke, dass Sie uns die Augen geöffnet haben",
meinte zerknirscht Samuel Kreuzer. „Wir reisen am
besten gleich ab!"

Nun, dies schien wirklich dringlich, denn im Conrad
Hilton überreichte der freundliche Mann an der Rezeption Veronika eine Mail mit besorgter Miene.
Offenbar hatte er alles gelesen und verstand relativ
gut Deutsch, denn die kurze Nachricht des Anwalts
von Veronika aus Wien lautete:

„Sehr geehrte Frau Dr. Steiner, bitte kommen Sie
umgehend nach Wien zurück. Es ist etwas Furchtba-
res geschehen, denn Ihr Gemahl ist leider bei einem
Verkehrsunfall tödlich verunglückt. Die Schei-
dungsklage ist noch nicht eingereicht. Können Sie
per Mail oder Telefon mit mir Kontakt aufnehmen?
Verehrung und herzliche Anteilnahme, Ihr Dr.
Weissenberg, Wien!"

„Damit erübrigt sich die Scheidung", folgerte Samuel, während Veronika wie gebannt aus dem Fenster starrte und nichts sah. „Liebste, nachdem dann in

Wien alles erledigt ist, reisen wir zusammen zu den Quellen des Nil, einverstanden?"

„Wie? Ja, wie du willst!", meinte Veronika wie geistig abwesend, denn sie glaubte nicht so recht an einen Verkehrsunfall. Ihr Mann tat oft geheimnisvoll und war vermutlich heimlich in dunkle Geschäfte verwickelt. Vom Gehalt des Direktors hätte er sich kaum diesen Lebensstandard leisten können.

Als die beiden wenig später mit einer Taxe zum Flughafen eilten, fragte ein gut gekleideter, dunkelhäutiger Mann an der Rezeption des Conrad Hilton nach einer Dame namens Veronika Steiner. Alles, was bei genauerer Betrachtung auffiel, waren seine kalten dunklen Augen und eine gewisse Ausbeulung auf der linken Seite seines Anzuges.

„Die Dame ist vor wenigen Augenblicken abgereist", meinte der livrierte Mann an der Rezeption etwas hochnäsig.

„Darf ich erfahren wohin?"

„Nein, denn sie hat keine entsprechenden Angaben gemacht, und wir geben auch sonst keine Auskunft über unsere Gäste!" Damit entging vermutlich Veronika knapp einem Attentat! Der Dunkelhäutige dachte: „Schade, aber wenigstens habe ich eine satte

Anzahlung in der Tasche", und ging ohne Gruss aus der Lobby weg in das Gewühl der Strassen.

4

Die Beiden sassen zunächst ziemlich stumm im Flugzeug, bis Samuel meinte: „Mein Traum aller Träume, jetzt beginnt für uns ein neues und erfülltes Leben! Kopf hoch, ich verspreche dir, dass es dir bei mir nie langweilig wird und ich dich auf Händen tragen werde!"

Ganz langsam und sachte legte Veronika ihren Kopf an Samuels Brust und seufzte: „Wir hoffen es, denn die Hoffnung stirbt zuletzt!"

Die Trauerfeierlichkeiten in Wien für den tödlich verunglückten Leiter des Kunsthistorischen Museums nahmen unter freiwilliger und vermutlich auch nicht so freiwilliger Beteiligung aller Mitarbeiter und Museumsangestellten sowie einer Handvoll anderer Trauergäste ihren Lauf, vermutlich auch von Polizeiorganen in Zivil. Echte Trauer kam kaum auf, denn es warteten schon einige auf den neuen Chefposten und damit auf ein höheres Salär. Beliebt war Dr. Mittelbauer praktisch nirgendwo, höchstens wegen seiner Stellung respektiert.

Samuel konnte nicht umhin, nach den Trauerzeremonien Veronika zu sagen, was der Unterschied zwischen dem Wiener Zentralfriedhof und der Stadt Zürich sei, denn so hätte er dies mal gehört. „Keiner, denn beide sind ungefähr gleich gross in der Fläche. Nur auf dem Zentralfriedhof geht es meist lustiger zu und her als in Zürich."

„Das muss aber ein sehr alter Spruch sein, als Wien noch dominierend und sehr gross und Zürich noch klein und unbedeutend war", erwiderte Veronika etwas verwirrt.

Diesmal stimmte dieser saloppe Spruch wirklich nicht, denn es war alles sehr steif und kalt, die Stimmung und sogar das Wetter! Auch Veronika liess alles mit versteinertem Gesicht über sich ergehen.

Das einzig Positive erfuhr sie etwas später. Dr. Mittelbauer hatte kein Testament gemacht und auch keine näheren Verwandten mehr, so dass das Erbe seiner jetzigen Gattin zuviel. Nicht viel Barvermögen, allerdings immerhin eine recht schöne, wenn nicht sogar luxuriöse Eigentumswohnung in Wien.

„Aber ich will und kann keinen Tag mehr in jenen Mauern leben!", rief Veronika leidenschaftlich und laut.

„Dann verkaufe diese oder vermiete sie gut", riet ihr Samuel.

Er hatte eine längere Auszeit in Zürich bewilligt bekommen, und so konnte er die gemeinsamen Pläne einer Reise zu den Quellen des Nils, gründlich vorbereiten.

Diese waren lange Zeit unauffindbar, umstritten, geheimnisvoll verborgen und unergründlich. Heute glaubt man, sie untrüglich gefunden zu haben. Aber vielleicht ändert sich das irgendwann wieder einmal. Ein Fluss, oder besser gesagt ein Strom, der durch grosse Seen, durch Teile der Sahara fliesst, oft sogar versickert und wieder ans Tageslicht kommt, der mit vielen imposanten Katarakten bestückt ist, hat auch das Recht, mysteriös zu bleiben!

Ohne Nil wäre wohl auch in Ägypten nie eine Hochkultur entstanden, als die übrige Welt noch sehr primitiv lebte.

5

Die Reise zu einer der Quellen des Nils war nahezu so kompliziert wie eine Reise zum Mond. Der Quellfluss Luvironza in Burundi wird heute als der entfernteste Punkt bis zur Mündung ins Mittelmeer angesehen. Der Luvironza entspringt an den Hängen des gleichnamigen Berges mit seiner Höhe von 2'700 Metern südlich von Rutova. Auf der Suche nach den Quellen des Nils wurde diese erst in Jahre 1893 entdeckt.

Veronika und Samuel reisten zunächst nach Nairobi in Kenia und von dort mit einer kleinen und rumpeligen Propellermaschine über den grossen Victoriasee nach Kampala in Uganda. Da diese Klapperkiste nicht so schnell flog, erschien ihnen der See, immerhin eineinhalb Mal so gross wie die Schweiz, wie ein Meer.

Von Kampala aus hatten sie am ehesten die Möglichkeit, mit einer weiteren kleinen Chartermaschine in die Nähe von Luvironza zu gelangen, nämlich nach der Stadt Gitega.

Veronika fühlte sich doch etwas ungemütlich oder besser gesagt, sie sass ängstlich in der kleinen Vierplätzer-Maschine, die vermutlich schon ein stolzes Alter aufwies. Sie zuckte bei jedem undefinierbaren Geräusch nervös zusammen. So ein alter Kasten gab praktisch nur undefinierbare Geräusche von sich. Samuel wollte sie etwas beruhigen mit der Feststellung: „Keine Angst, mein Herz, kleine Flugzeuge sind viel sicherer als die grossen Brummer. Jene fallen bei grossen Schwierigkeiten wie ein Stein vom Himmel, während diese kleinen Dinger selbst bei Motorausfall noch gewissermassen hinunterschweben können wie ein Segelflugzeug!"

„Danke, mein lieber Bär! Aber selbst diese Feststellung beruhigt mich nicht so sehr. Es beruhigt mich einfach, dass *du* bei mir bist!"

Endlich landeten sie recht holprig in Gitega. „Dies soll die zweitgrösste Stadt von Burundi sein?", meinte erstaunt Samuel. „Man sieht praktisch keine Häuser, sondern nur ein Meer von Bäumen und Sträuchern!"

„Wir sind hier auch im tiefsten Afrika, und in einer Buschhütte tummeln sich oft zehn und mehr Personen, manchmal noch samt dem Vieh!", erwiderte Veronika, glücklich, wieder am Boden zu sein. Allmählich kamen sie doch einem eigentlichen Stadtzentrum entgegen, in dem sogar ein Hotel zu finden war.

„Wir werden von hier aus etwa hundert Kilometer mit einem Land Rover zurücklegen. Nur dauert dies etwas länger als in Europa, denn die Strassen hier sind wirklich romantisch und katastrophal. Gott sei Dank haben wir gutes Wetter und stecken dadurch nicht plötzlich in einer Schlammlawine oder in einem mit Wasser gefüllten riesigen Schlagloch fest. Bist du bereit für dieses Abenteuer?", fragte Samuel seine Veronika.

„Gerne, denn ich will mit dir mal die ureigene Quelle des Nils sehen!"

Das Hotel war erstaunlich sauber. Ausser einigen allgegenwärtigen Kakerlaken und einer eher mageren Speisekarte war alles erträglich. Chicken mit Reis und am nächsten Tag Reis mit Chicken! Nur wurde einem umständlich verständlich gemacht, dass, wenn am Abend Chicken gegessen wird, man am Morgen vielleicht auf das Frühstücksei verzichten muss.

Und oh Wunder, sogar ein Internetanschluss war vorhanden. „Der Fortschritt kommt unaufhaltsam auch hierher", lächelten beide.

Am nächsten Morgen starteten Samuel und Veronika mit einem recht kauzigen Fahrer nach Rutova und zur Quelle des Weissen Nils. Josua, der quirlige etwa dreissigjährige Driver, hatte ein halbes Ersatzteillager an Bord sowie Getränke und Essen für eine Woche. Er verhiess, dass sie in etwa sieben Stunden am Ziel sein würden, was einer Geschwindigkeit von etwa fünfzehn Kilometern pro Stunde entspricht. „Und wo übernachten wir gegebenenfalls?", meinte Samuel.

„Im schlimmsten Fall im Wagen, denn es ist nicht geraten, in freier Wildbahn um ein Feuer zu sitzen", lachte Josua. „Aber ich hoffe, dass wir spät Abends oder Nachts wieder hier sind! Also, los und gute Fahrt."

Es holperte und schüttelte auf der Strasse, dass man meinte, alle Knochen einzeln zu spüren.
Grosse Löcher wurden umfahren, denn man traute auch den stabilen Achsen des Land Rovers solche Schläge nicht zu. Die Strasse wurde zur Sandpiste, die oft überwuchert war mit allerlei Gestrüpp. Man konnte sich lebhaft vorstellen, wie das hier bei tropischen Regenfällen nach kurzer Zeit aussehen würde. Es konnte einem davor schon etwas grauen.

Nach etwa drei Stunden Holperfahrt erlitten sie den ersten Plattfuss. Vermutlich durch einen spitzen Stein wurde ein Reifen richtiggehend aufgeschlitzt.

Josua machte sich an die Arbeit zum Radwechsel und pfiff dabei fröhlich vor sich hin. Er merkte nicht, dass ein Skorpion auf ihn zu schlich, bis er dessen plötzlichen Stich zwischen seine Plastiksandalen spürte und fluchend aufsprang. Mit dem Stein, der vermutlich Schuld an der Panne und zugleich Unterschlupf des giftigen Tieres war, erschlug er wütend den Skorpion, der eine recht ansehnliche Grösse aufwies.

„Das Gift dieser Viecher ist meistens nicht tödlich", stockte er mit doch schmerzverzerrtem Gesicht. „Aber es ist Vorsicht geboten. Wir müssen so schnell wie möglich umkehren. Ich muss sicherheitshalber zum Arzt oder zum Medizinmann. Kann jemand mit unserer Karre fahren? Ich muss mich ausruhen, denn auch das Geschwulst wird sicher Stunde um Stunde zunehmen!"

„Mit dem Besuch der weitest entfernten Quelle des Nils wird wohl nichts werden. Schade! Aber ich glaube, so sensationell würden unsere Fotos dort auch nicht werden!", erwiderte Samuel. „Ich werde den Driver spielen." Veronika war sogar heimlich erleichtert, dass diese Reise ein so abruptes Ende nahm.

Sie sah im Grunde genommen von Anfang an wenig Sinn in ihrem Unterfangen, wollte jedoch einfach immer grösseren Abstand von ihrem gehassten und nun verstorbenen Mann in Wien. Wo findet man diesen besser als in unerforschten und wilden Gebieten Afrikas?

Nachdem alle für den Radwechsel Hand angelegt hatten, zockelten sie wieder zurück nach Gitega und brachten Josua ins dortige Krankenhaus. Man durfte einfach auch dort keine europäischen Massstäbe ansetzen und nicht so sehr auf Sterilität achten. Der Stich entpuppte sich zum grossen Glück nicht als lebensgefährlich, verursachte aber für Josua ziemliche Schmerzen und Schwellungen.

Samuel und Veronika bezahlten ihren Führer und Fahrer, wie wenn die ganze Reise geglückt wäre und gaben ihm noch ein ordentliches Trinkgeld drauf.

Sie erstanden für sich einige ziemlich undeutliche Fotoaufnahmen von der Quelle und einer dort angeblich errichteten kleinen Pyramide. Nach einer weiteren Nacht in ihrem Hotel, diesmal zum Abendessen zur Abwechslung mit Fisch und Reis, flogen sie am nächsten Tag zurück nach Kampala.

6

Während des Fluges fragte Samuel plötzlich: „Veronika, willst du meine Frau werden?"

„Aber Samuel, was fragst du denn? Ich *bin* doch deine Frau, *nur deine*! Dieser Dr. Mittelbauer, der mich damals geschwängert hatte, war de facto nie mein Mann, denn ich habe mich ihm stets verweigert!"

„Ja, aber ich meine, willst du mich heiraten, an einem für dich neutralen, sehr idyllischen Ort? Und wollen wir dann zusammenleben bis ans Ende unserer Tage?"

„Ein grosses Wort!", bemerkte Veronika ganz kleinlaut.

„Aber ehrlich und von Herzen!"

„Können das Männer überhaupt? Sind sie nicht alle etwas polygam?"

„Ich kann das, den ich liebe dich! Und du kannst nicht alle Männer über deine riesige Enttäuschung taxieren!"

„Wo willst du denn heiraten?"

„An irgendeinem lauschigen Ort in der Schweiz, oder wenn du willst sogar in Kampala!"

„Nun, dort gibt es vielleicht nicht so schöne Fotos, wie von der Quelle des Nils auch nicht!"

„Ich werde dich mit Vorschlägen überraschen und überschwemmen!"

Der relativ unruhige Flug ging durch solche Gespräche schnell zu Ende, und die beiden landeten glücklich gestimmt in der ugandischen Hauptstadt, durch die der frühere Diktator Idi Amin immer noch seinen Schatten warf.

„Wollen wir die Zeit nutzen, um einen Ausflug an den Victoriasee zu unternehmen? Dieser galt ja lange Zeit als eigentliche Quelle des Nils!", erläuterte Samuel seiner Veronika.

„Gerne, obschon das Hotel hier bedeutend besser ist als in Gitega. Aber ich habe trotzdem das ungute Gefühl, dass es in unserem Zimmer von der Decke tropft. Hast du nichts gemerkt?"

„Ich habe immer auf dich und nicht zur Decke geschaut! Komm, wir wollen das prüfen und gegebenenfalls ein anderes Zimmer verlangen. Möglichst die Hochzeitssuite!", lächelte Samuel.

Inzwischen „regnete" es von der Decke! Betten und Boden wurden tropfnass. Sie sammelten schnell ihre Habseligkeiten in die Koffer und riefen die Rezeption an. Eine Hochzeitssuite besass das Hotel nicht, aber wenigstens ein trockenes Zimmer auf einem anderen Flur. Samuel und Veronika wollten ohnehin am nächsten Tag nach Khartum weiterreisen, wo der Weisse und der Blaue Nil zusammenfliessen.

Heute reisten sie zum Victoriasee, der lange Zeit als die eigentliche Quelle dieses gewaltigen Stroms galt. Seit Menschengedenken schon haben Forscher und Entdecker versucht, die Quelle des Nils zu finden. 1862 wollte ein John Hanning Speke diese am Victoriasee entdeckt haben. Heute noch steht dort eine Gedenktafel mit Blick auf den Fluss am Nordufer des Sees bei Jinja, der zweitgrössten Stadt Ugandas, nur achtzig Kilometer östlich von Kampala.

„Schön, aber eigentlich nicht ungemein aufregend", meinte Samuel trocken. „Halte mich bitte nicht für einen Lokalpatrioten, doch die Rheinquelle beim Tomasee im Kanton Graubünden in der Schweiz erscheint mir schöner, wenn natürlich nicht spektakulärer."

„Du willst mir deine Heimat, die Schweiz, mit allen Mitteln schmackhaft machen! Willst du mich dorthin locken?"

„Gewiss! Österreich und die Schweiz haben viel Gemeinsames. Nur ist die Schweiz noch etwas interessanter und abwechslungsreicher mit ihren vier Sprachgebieten, die eigentlich vier Kulturen widerspiegeln!"

„So wie der Zentralfriedhof von Wien und die Stadt Zürich?", fragte lachend Veronika.

„Du hast meinen dummen Spruch von damals nicht vergessen?"

„Ich vergesse nie etwas, was du sagst!"

„Meine Güte, das kann aber gefährlich werden!"

„Nicht, wenn du immer die Wahrheit sagst!"

Die Konversation nahm ein Ende mit einem innigen und langen Kuss, der die übrigen Besucher dieser Nilquelle zu Kopfschütteln bewegte oder mit Neid erfüllte.

7

Khartum, die Hauptstadt des flächenmässig grössten
Landes in Afrika, dem Sudan,
hat eine wechselvolle Geschichte. Die Bevölkerung
explodierte aber eigentlich erst in den letzten fünfzig
Jahren auf über zwei Millionen Menschen. Noch um
1800 n. Ch. war dort lediglich ein ägyptisches Mili-
tärlager anzutreffen

Der Weisse und Blaue Nil, die dort zusammenfliess-
sen, bilden ein wirklich imposantes Bild. Entsprechend waren auch der bald blühender Handel, nicht
zuletzt mit Sklaven, und auch das Interesse verschiedener Kolonialmächte geweckt. Der dem Islam
verheissene Mahdi, ein weiterer falscher Prophet
unter vielen anderen, zog dort auch eine Blutspur im
Sand der Wüste und im Nilwasser.

Um die Aussenquartiere der sonst durchaus ansehn-
lichen Stadt siedeln sich immer grössere Slums an.
Dort scheint die Zeit seit Jahrhunderten still zu stehen. Keine Elektrizität, das Wasser wird mit Esels-
karren von weit entfernten Ziehbrunnen hergeholt.

Lehmhütten mit einem einzigen Raum für die ganze grosse Familie oder die halbe Verwandtschaft und die Haustiere sind die Regel.

Samuel und Veronika hatten sich ein Zimmer reservieren lassen im Fünfsterne-Hotel Burj al-Fateh, das 2007 ausgerechnet von einem libyschen Staatskonzern gebaut wurde. Der ganzen Pracht dieses Hauses fehlte aber etwas von einem Renovations- und Erneuerungsbudget. Und dazu herrscht natürlich offiziell im ganzen Land, wie es sich für gute Muslime gehört, Alkoholverbot.

„Ob man wohl mit Vorweisen des Passes und mit einem schönen Bakschisch das ändern kann?", fragte sich Samuel, versuchte es aber doch nicht. So gute Kunden waren sie nicht, denn ihre Reise ging bald weiter nach Kairo, „el Kahira, die Siegreiche", wie die grösste Stadt des ganzen arabischen Raumes mit den Vorstädten sogar von ganz Afrika genannt wird.

Allerdings verzögerte sich ihre Abreise durch eine Schiesserei in Khartums Innenstadt, in die sie indirekt verwickelt wurden. Waren es Rebellen aus dem meist christlichen Süden, waren es Banden aus den Elendsvierteln von Darfur mit seinen Hunderttausenden von Flüchtlingen oder waren es sogar Kerle aus den Slums von Khartum selbst, mit ihrem Hass auf die besser Bemittelten? Vermutlich wurde das nie herausgefunden und auch nicht explizit danach geforscht.

Samuel und Veronika kamen aus einem Restaurant, so gegen 22 Uhr, ganz in der Nähe ihres Hotels. Sie wollten einfach mal etwas Lokalkolorit erleben und nicht die überall ähnliche internationale Küche ‚geniessen'. Ein paar Schritte zum Nil und ein paar weitere Schritte zu ihrem Hotel lag dieses sudanesische Imbisslokal für sie ideal, auch wenn sie ziemliche Aufmerksamkeit erregten, obschon Veronika für dortige Begriffe züchtig gekleidet war.
Kritische und zum Teil finstere Blicke verfolgten sie die ganze Zeit.

Sie assen ein typisch sudanesisches Gericht, ein sogenanntes „Ful". Dieses Nationalgericht besteht aus Favabohnen, die zu einem dicken Brei eingekocht und in einem dünnen Fladenbrot, vermischt mit Lamm- oder Ziegenfleisch, gegessen werden. Der Nordsudan ist muslimisch, also gibt es dort kein Schweinefleisch. Ausserdem besitzt das Land eine reiche Teekultur.

„Was wollen diese Ungläubigen bei uns?", dachten wohl die ausschliesslich aus Männern bestehenden Gaststättenbesucher. So assen und tranken Samuel und Veronika schnell, bezahlten dem Wirt einen wohl überrissenen Betrag und eilten bald aus der unwirtlichen und offensichtlich feindseligen Kneipe.

Draussen an der sogenannten frischen Luft erwartete sie ein wahres Inferno. Eine verrückte Schiesserei, offenbar aber aus alten Flinten, war im Gange. Trotzdem pfiffen Kugeln durch die Luft und wie wild gewordene Wespen an ihren Köpfen vorbei. Moderne Waffen hatten eine andere Kadenz, ein anderes Stakkato, das wusste Samuel noch aus seiner Militärzeit bei der Schweizer Armee. Aber die Situation war äusserst gefährlich, ja tödlich.

In der Strasse lagen schon einige Verletzte oder gar Tote in ihrem Blut. Schreie durchzuckten die Nacht wie Blitze, eine Rennerei und ein Hasten ohnegleichen war zu sehen, und Samuel zog seine Veronika blitzschnell aus den möglichen Schusslinien hinter eine Mauer. Nach etwa zwei oder drei Minuten war der Spuck vorbei, und die blindwütigen Gestalten zogen sich zurück. Alles kam aber den beiden vor wie Stunden.

Endlich kam auch die Polizei angerannt, jedoch keine Ambulanz. Für was denn Ambulanz? Man hat sowieso zu wenig Personal und Fahrzeuge. Sollen sich die rivalisierenden Banden doch untereinander umbringen! Man hatte genug andere Probleme im Land. Vorderhand wurden alle am Ort des Grauens von der Polizei festgenommen.

War dies nun eine Vorladung zur Zeugenaussage, eine vorläufige Festnahme oder gar eine Verhaftung

ohne eigentliche Anklage und ohne späteren Pflicht-
verteidiger? Niemand von der Polizei konnte oder
wollte eine Antwort geben, denn auch Samuel und
Veronika wurden abgeführt.

In einer Art Zelle, oder besser gesagt in einem Loch
ohne Fenster, mit anderen zusammengesperrt, wurde
ihnen die Pässe, die Uhren, Handy, das Geld, einfach alles abgenommen. Lautstark verlangte Samuel
in Englisch, ja sogar in einigen Brocken Arabisch,
den Schweizer Botschafter zu sprechen.

„Es gibt hier eine Ambassade Suisse, einen Ambas-
sador of Switzerland", fluchte er grob. „Ich verlange
sofort, mit ihm in Kontakt zu treten!"

„Switzerland? Was ist das?", fragte schliesslich
höhnisch einer der Polizisten. „Nie gehört!", zischte
er die beiden an und fingerte lüstern in ihren Bank-
noten verschiedener Währungen.

„Ich gebe dir einige davon, aber ich verlange dafür,
den Polizeichef zu sprechen!"

„Chef? Das bin ich!", blähte sich der Mann auf.

„Gut, lass uns hier rausgehen und unter uns verhan-
deln!", tönten Samuels Worte, jetzt etwas ängstlich.
Man weiss ja nie, wie viele Leute in diesen Mauern
schon vermodert sind, ohne je eine ordentliche Ge-

richtsverhandlung erlebt zu haben. Überall krabbelte ekliges Getier am Boden, Wänden und der Decke herum, und die beiden Weissen wurden von den anderen Abgeführten und jetzt Eingesperrten finster angestarrt. Jederzeit konnte vermutlich Samuel zusammengeschlagen und Veronika aufs Übelste vergewaltigt werden.

Wortlos verliess der Polizist den unheimlichen und schmutzigen Raum, kam aber nach etwa fünfzehn Minuten zurück und winkte verstohlen Samuel und Veronika zu, ihm zu folgen.

Sie taumelten in einen anderen, etwas weniger schmutzigen kleinen Raum, in dem sogar drei Stühle und eine Art Tisch standen. Mit übertriebener und geheuchelter Freundlichkeit bedeutete ihnen der Polizist, Platz zu nehmen.

„Was geschieht mit den Toten und Verletzten nach dieser wilden Schiesserei?", fragte Samuel, und kam sich gleich als Idiot vor, denn sie waren hier im Sudan, nicht im ach so demokratischen Westen.

„Nicht mein Problem!", antwortete der Uniformierte. „Ihre grossartige humanitäre Gesinnung können Sie andernorts anbringen. Ich war mal zwei Jahre in Berlin. Sie können also Deutsch mit mir sprechen. Ich studierte dort westliche Gerichtsbarkeit und Strafvollzug. Oh ihr armen Schwachköpfe! Heisst es nicht irgendwo in eurer Bibel: ‚Was der Mensch säht, muss er ernten'? In den Betriebsanleitungen eurer Strafanstalten, die für uns hier Urlaubshotels wären, steht geschrieben, dass dem Gefangenen die Menschenwürde gewährt werden muss. Da lachen wir uns kaputt.

Menschwürde für Sexualstraftäter, Mörder, Terroristen, Staatsfeinde? Eure Gesetze haben keine Zähne mehr, und darum werden die Täter gehätschelt und die Opfer frustriert. Aber lassen wir das. Eure Botschaft hat jetzt um diese Zeit geschlossen, und so viel ich erfahren konnte, ist Seine Exzellenz, der Herr Botschafter, momentan in Bern zu Besprechungen. Im Augenblick herrscht ja Ruhe im Sudan, wie Sie sehen, hehe!"

„Also, was wollen Sie von uns? Die Schiesserei begann, als wir aus dem Restaurant kamen!"

„Wollen Sie Ihre Pässe zurück und die anderen Utensilien?"

„Dumme Frage, selbstverständlich!"

„Wann verlassen Sie unser schönes Land?"

„Schweren Herzens bereits morgen, mit Lufthansa nach Frankfurt!"

„Dann lassen Sie uns für die ganzen Verwaltungskosten und den Aufwand die Dollars hier, und Sie sind in einer halben Stunde wieder in Ihrem Hotel!"

„Das sind aber gegen 2'000 Dollar!"

„Ja, unser Aufwand mit Ihnen war auch gross und kostet den Staat eine Menge Geld!
Übrigens: Ein falsches Wort am falschen Ort über die Geschehnisse von heute Nacht und Sie fliegen morgen nicht mit Lufthansa, sondern Sie fliegen wieder in eines unserer Gefängnisse. Ist das klar?"

„Völlig klar! Wir halten die Schnauze, und wir haben Heimweh!"

„Gute Reise in dem goldenen Westen!"

„Der für Sie zur Lachnummer verkommt!"

„Mit diesen Worten habe ich das nicht gesagt!"

Dass die Dollars natürlich in der Tasche des übrigens schlecht Uniformierten wanderten, liess Samuel und Veronika eigentlich kalt. Sie wollten wirklich weiter, aber nur bis Kairo. Denn dort hatte für sie beide ja alles begonnen. Nein, eigentlich wieder begonnen!

8

„Im Grunde genommen sind wir ständig auf der Flucht!", klagte zurück im Hotel Veronika traurig.

„Aber auf der Flucht in ein neues Paradies für uns!"

„Dies ist gewiss nicht in Kairo! Wollen wir nicht direkt zurück nach Europa?"

Im Sudan hörte man, wohl sehr bewusst gesteuert von der Regierung, wenig bis nichts
von den bürgerkriegsähnlichen Vorkommnissen in Kairo. Internet, Facebook und Handys sind dort auch noch nicht so verbreitet wie in der arabischen Welt, wenigstens nicht bei den einfachen Leuten.

Hunderttausend Demonstranten auf dem Tahir-Platz in Kairo, zur militärischen Präsenz die Auffahrt von fünfzig Kampfpanzern gegen das eigene Volk: Das wäre Gift für den Sudan! Man befürchtete, ähnliche Bewegungen im Land auszulösen. Grund genug wäre ja vorhanden, nebst dem alltäglichen Elend die Sezession des Südens, die grauenhaften Tragödien in Darfur mit Millionen Vertriebenen und Hunderttausenden von Toten, ein Präsident, der vom internationalen Strafgerichtshof in Den Haag gesucht wird.

„Von Kairo nach Europa ist es nur noch ein Katzensprung, Liebste. Lass uns doch noch einmal in unserem Hotel Conrad den Nil betrachten und die letzte dort erlebte Nacht wiederholen", flüsterte Samuel vor dem Abflug in Khartum Veronika ins Ohr, die darauf mit seligem Blick nickte. Dass sie dabei die ganze Zeit beschattet wurden, merkten sie nicht.

Der Flug mit Lufthansa nach Kairo war relativ kurz und ereignislos. Als sie beim Landeanflug kurz die Pyramiden aus der Luft sahen, veranlasste dies doch Samuel zu bemerken: „Denken wir mal, grosse Teile des Sudans zählten zur Zeit dieser gewaltigen Bauten und Grabmäler zum Königreich Ägypten und Nubien, wie damals und noch später der Sudan hiess. Nubien stellte sogar einige schwarze Pharaonen."

„Ja, und der unergründliche Nil hatte gerade hier, auf den letzten tausend Kilometern vor seiner Vereinigung mit dem Mittelmeer seine wohl grösste Bedeutung. Wenn man nur einmal einen Aspekt hervornimmt und den Berichten der Bibel etwas Glauben schenkt, nämlich die zehn Plagen über jene Hochkultur, der ungleiche Kampf zwischen Moses und dem Pharao, der blutrote Nil und vieles andere mehr. Es ist einfach faszinierend und geradezu erschauernd!", erläuterte Veronika. „Oder hältst du das für Märchen?"

„Keinesfalls. Ein Kern Wahrheit ist sogar in Märchen immer dabei!"

Kairo kam ihnen irgendwie verändert vor. Viele gesperrte Strassen, andere menschenleer, geschlossene Läden und Geschäfte, eine explosive Stille. Auch das Hotel Conrad wirkte wie ausgestorben. Praktisch keine Touristen, nur etliche Journalisten hatten sich dort einquartiert. Von denen erfuhren Samuel und Veronika das Wesentlichste. Ihre Sorge war nun, ob der Flugverkehr in den nächsten Tagen überhaupt noch funktionierte und sie aus dem ganzen Hornissenschwarm wieder herauskämen.

Sie hörten zudem, dass soeben der Präsident verhaftet wurde. War das gut oder schlecht für sie? Jedenfalls hatten die Demonstranten ihre Sympathie. Schliesslich war die Zeit der Pharaonen vorbei!

9

„Der Präsident festgenommen und an unbekanntem Ort in Ägypten festgehalten.
Geschieht ihm und seiner Sippe recht. Aber ob die Opposition einen genug langen Atem hat und nicht eine andere radikale Gruppierung an die Macht drängt? In diesen Wirren ist es das Beste, abzuhauen! Schaue noch einmal auf den Nil, der seinerseits in den Jahrtausenden schon viele schauderhafte Geschehnisse sah und doch majestätisch dahin fliesst und ins Meer mündet!"

Dann war auch Samuel still und schaute versonnen aus dem Hotelfenster. Er wollte mit dem Flughafen telefonieren, doch offenbar waren alle Leitungen gekappt. Auch an der Rezeption erhielt er die stereotype Antwort: „Wir müssen warten und wissen im Moment auch nichts!
Geniessen Sie doch einfach die Annehmlichkeiten unseres Hauses!"

„Bis auch dieses Haus von irgendwelchen Horden gestürmt wird?"

„Das wird gewiss nicht geschehen. Unsere Opposition denkt menschlich!"

„Was immer Menschen in ihrer aufgestauten Wut auch denken mögen", knurrte Samuel wütend.

Die beiden wagten sich trotz allen Warnungen auf die Strasse, denn der ganze grosszügige Hotelkomplex erschien ihnen doch mit der Zeit wie ein nobles Gefängnis. Sie gerieten bald mal in einen Strudel von Leuten, die mit dem Victory-Zeichen mit Zeige- und Mittelfinger grölend an ihnen vorüberzogen und sich dabei die Gesichter und vor allem die Augen rieben, offenbar von Einsätzen mit Tränengas. Vermutlich gab es immer noch Militär- und Polizeikräfte, die noch nichts gehört hatten von der Verhaftung des Staatsoberhauptes.

Es verkehrten kaum Autos, in vielen Strassen herrschte nahezu Totenstille. Türen zu den Häusern waren verrammelt, Fensterläden geschlossen. Es war ein stilles Warten auf ein Wunder Allahs, im Gegensatz zum heftigen Treiben und den Krawallen in der Innenstadt. Auch an den Ufern des Nils in der Nähe des Hotels zogen die Wasser unbeachtet weiter ins grosse Delta zum Ausfluss ins Meer.

Sogar das berühmte Ägyptische Museum war geschlossen, und die private Adresse der Direktorin mit früheren Wien- und Deutschlandaufenthalt kannte Veronika nicht. Kurz, es wurde langweilig und das ewige Warten auf Bericht vom Flughafen nervenaufreibend.

Enttäuscht kehrten Samuel und Veronika ins Conrad Hilton zurück und stellten mit grossem Schreck fest, dass sein Pass aus dem Zimmer gestohlen wurde. Vorsichtigerweise steckten sie diesen zu ihrem Ausflug nicht ein, um eben nicht einen Diebstahl zu riskieren. Nun geschah gleich dies in ihrem Hotel.
Alle Beschwerden und alles Ausrufen an der Rezeption und bei der Direktion brachten nur Achselzucken und völliges Unbegreifen hervor mit der Versicherung, so etwas sei in ihren Haus noch nie passiert und völlig unvorstellbar.

Offenbar wollen sich aber doch einer der Hotelangestellten mit etwas Deutsch- oder Englischkenntnisse nach Europa absetzen. „Der Dieb ist trotz allem ein Idiot, denn mein Pass ist fälschungssicher und für niemanden brauchbar", murrte Samuel.

„Auch die Zunft der Fälscher bringt sich immer auf den neuesten Stand", bemerkte Veronika etwas zerknirscht.

Dadurch wurde ein Besuch bei der Schweizer Botschaft unumgänglich. Nur wann und wie? Endlich wurde eine Telefonverbindung mit der Embassy of Switzerland möglich. Offenbar herrschte dort eine aufgeregte Stimmung, denn Samuel musste lange warten, bis er endlich jemand mit Befugnissen sprechen konnte. Ihm wurde versprochen, so bald wie möglich einen sogenannten Notpass ins Hotel zu bringen und mitzuteilen, wann ein Flug nach irgendeiner Destination nach Europa möglich werde. Er solle per Handy ein Foto von sich an eine abhörsichere Nummer der Botschaft schicken. Doch es dauerte und dauerte.

Nach weiteren zwei Tagen erschien ein Kurier mit dem heiss begehrten Dokument im Hotel. Eine gesalzene Rechnung lag auch dabei, aber was soll's? Ein Spezialflug mit Swiss gehe morgen früh nach Zürich, und zwei Plätze seien für ihn und seine Begleiterin reserviert.

Kein Taxifahrer war bereit, sie zum Flughafen zu bringen. Alle meinten, dass sei im Moment lebensgefährlich. Auch die Verlockung eines schönen Trinkgeldes nützte nichts.

„Es gäbe da noch eine Möglichkeit, allerdings sie ist sehr kostspielig", erläuterte der Concièrge. „Ich kann einen Hubschrauber mieten, der Sie beide in einem grossen Bogen um die Stadt zum Flughafen bringt!"

„Was kostet so ein Trip?"

„Ungefähr tausend Dollar oder Euro!"

„Bestellen Sie ihn bitte!", forderte Samuel schnell und dachte für sich: „So viel kostet uns beide nahezu jeder weitere Tag mit allem Drum und Dran in dieser Luxusherberge. Dollar haben wir keine mehr, aber noch Euro. Und die Banken sind meist geschlossen und funktionieren nicht."

Der Heli-Flug rund um Kairo war einfach sensationell. Deutlich sah man hier, wie der Nil ein grünes Band durch die Wüste zog. Je nach Überschwemmung im Jahresablauf war dieses Band schmaler oder breiter – und sonst nichts als unendlicher Sand! Auch die Steinwüste der Stadt war aus der Luft imposant. Soweit das Auge reichte, Vorstadt um Vorstadt um das eigentliche Zentrum. Ein Moloch sondergleichen, dem man von oben wenig oder nichts ansah von den Unruhen und Demonstrationen der letzten Zeit. Ab und zu eine Rauchschwade aus dem Häusermeer, das war alles.

„Die Götter nehmen die Menschen gar nicht ernst von ihrem Blickwinkel aus, denn sie sind ja noch weit höher als wir!", räumte Samuel ein.

„Die Götter schon nicht, vielleicht Gott?", wagte Veronika einzuwenden.

„Deine Frage ist berechtigt, aber ich habe dafür keine konkrete Antwort!"

Schliesslich landete der Hubschrauber auf dem Gelände des Flughafens, und sie sahen schon bald ihren Vogel mit dem Schweizerkreuz an der Heckflosse auf einem grossen Parkfeld für Flugzeuge, das aber heute und wohl auch in den letzten Tagen sehr verlassen wirkte.

„Komisch, wenn man das sieht, ist man schon ein wenig wie zu Hause!", bemerkte Samuel und küsste dabei seine Veronika innig und warm.

10

Die ganze Abfertigung, das Einchecken und das Boarding waren chaotisch und dauerten Stunden. Am Flughafen wimmelte es von Volk aller Nationalitäten, zum Teil stoisch und total in sich gekehrt, zum Teil schreiend und fluchend, wild mit Händen und Füssen herumfuchtelnd, rüpelhaft, andere wieder verzweifelt. Man sah die ganze Szenerie menschlicher Gefühle und zum Teil auch unmenschlichen Verhaltens.

Als die Swiss endlich nach Stunden Verspätung abhob und die Passagiere über das Meer flogen, wurde auch die gestresste Crew freundlicher und servierte Erfrischungen. Die aufgestaute Hitze in der Kabine der so lange am Boden stehenden Maschine verflog endlich.

Catering in Kairo war derzeit unmöglich. So servierte die Crew Sandwiches und auf Wunsch auch Schweizer Rot- oder Weisswein. Für die meisten Passagiere war dies wie ein Festmahl. Samuel stiess mit dem Plastikglas mit Veronika an und sagte glücklich: „Zum Wohl, meine liebe künftige Gattin!"

„Sagst du auch nicht nur ja vor dem Standesamt, sondern auch vor Gott in der Kirche?"

„Meine Eltern waren Mitglied in einer sogenannten Freikirche! Dort wurde ich auch getauft. Leider bin ich von dieser Kirche weit abgekommen. Aber wenn ich heute wieder zurück zu Gott finden würde, dann vermutlich nur dort. Die sogenannten grossen Kirchen haben für mich früher auch Grosses geleistet, allerdings mit der Zeit versagt und am Evangelium vorbei gehandelt mit Machtpoker und Politik. Dort jedoch ist man der Lehre Jesu näher!", erläuterte Samuel nachdenklich.

„Und ist diese Kirche überall?", bohrte Veronika nach.

„Zu meiner Jugendzeit noch nicht, jetzt ist sie, glaube ich, ziemlich verbreitet. Übrigens auch in Wien!"

„Heiraten wir dort?"

„Wenn es dich glücklich macht, gerne und so schnell wie möglich! Zunächst beehrst du mich aber mit einem Besuch in meiner Zürcher Wohnung?"

„Ich bin sehr gespannt und neugierig!"

Das Flugzeug landete sanft auf dem Flughafen Zürich-Kloten. Zollabfertigung und Gepäckausgabe liefen wie geschmiert, und bald standen Samuel und Veronika vor der Wohnung an einem der Zürcher Hügel mit traumhafter Sicht über Stadt, ein Stück See und sogar die zum Teil schneebedeckten Berge. „Das ist ja hier ein kleines Paradies! Sag mal, wer hält denn deine Wohnung auf Trab? Hier ist alles blitzsauber und aufgeräumt! Das ist ja gar keine Junggesellenwohnung!"

„Keine Sorge", lachte Samuel. „Meine Zugehfrau wohnt hier im gleichen Wohnblock und ist bereits gegen siebzig. Sie macht ihren Job seit Jahren zu meiner vollsten Zufriedenheit!"

„Hier hast du eine Perle in der Hand. Ist diese prächtige Wohnung gemietet?"

„Nein, mein Eigentum. An der Universität verdient man zwar keine Spitzensaläre, aber meine Eltern haben mir etwas hinterlassen! Was darf ich dir zum Trinken anbieten? Ich habe noch einen Champagner im Kühlschrank bemerkt. Nachher entführe ich dich zu meinem Lieblingsitaliener!"

„Mit dem grössten Vergnügen!"

„Das kommt erst nach dem Italiener! Hast du das grosse Bett in meinem Schlafzimmer gesehen?"

„Wüstling! Ich sollte mich dir verweigern, bis wir verheiratet sind!"

„Das würde ich kaum aushalten. Du auch nicht?"

„Bleibt mein Geheimnis!", lächelte Veronika verschmitzt. „Aber gehen wir so bald wie möglich nach Wien? Mich wundert, ob die Wohnung dort schon verkauft ist. Und dann orientiere dich bitte nach deiner Freikirche, ob diese bereit ist, dich mit einer Papier-Katholikin zu verheiraten!"

„Früher wäre dies vermutlich schwierig gewesen, doch es soll sich auch dort manches zum Positiven verändert haben. Ich suche noch heute im Internet nach geeigneten Adressen. Wir dürfen auch das Standesamt und damit den Staat nicht vergessen, denn wir leben nicht in den USA, wo ein Geistlicher beides sein kann, Gesetz und Kirchenmann."

„Ja, gut! Begiessen wir das alles mit Champagner. Und zünde bitte dazu eine Kerze an, dass alles feierlich wirkt!"

Zu Klängen des Grossmeisters Mozart, bei angeregten Gesprächen und perlendem Champagner vergassen sie beinahe den Italiener. Aber der richtige Hunger meldete sich mit der Zeit doch!

11

Wien ist immer eine Reise wert. Wenn man vergangenen Zeiten nachträumt, wie zum Beispiel der k. u. k. Monarchie, bietet Wien auch heute noch viele Ansatzpunkte, sei es in Museen oder alten Prachtbauten, in den typisch Wiener Kaffeehäusern, mit dem „Küss die Hand, Gnädigste" und vielen weiteren Erinnerungen an alten Glanz.

Die alte Doppelmonarchie Österreich-Ungarn hatte für das damalige Europa auch gigantische Ausmasse: 676'000 Quadratkilometer Ausdehnung mit gegen 53 Millionen Untertanen, nebst Russland und Deutschland der drittgrösste Staat Europas. Davon zeugt in Wien auch heute noch vieles, denn die Stadt im heutigen Kleinstaat Österreich zählt immerhin noch 1,7 Millionen Seelen, wobei vermutlich das damalige Völkergemisch auch heute noch vorhanden ist.

Auch als Europa zweigeteilt war in Ost und West, war Wien eine geheime Pforte in den Osten und zudem Drehscheibe unzähliger Geheimdienste aller

Couleur. Viele davon sitzen heute gewiss wieder auf einflussreichen Posten. Andere wurden arbeitslos und schlugen sich durch mit dubiosen und oft auch kriminellen Geschäften. Wien ist so auch heute eine wichtige Drehscheibe zwischen Ost und West. Der berühmte „Wiener Schmäh" ist etwas geschwunden, aber die Freundlichkeit ist bei manchen noch geblieben.

Und dass Wien die Welthauptstadt der klassischen Musik war, ist und bleibt, wem muss man das noch klar machen? Alles hatte und hat natürlich auch seine Haken, wie damals bei Kaiser Franz Josef, dem Hochbetagten. War wieder mal eine Uraufführung, bei der Seine Majestät in der Kaiserloge ein Nickerchen machte, so fiel das Stück durch und hatte keine oder sehr wenige Überlebenschancen.

Solche und ähnliche Gespräche führten Samuel und Veronika auf ihrem Flug nach Wien.

Samuel hatte sich inzwischen auch kundig gemacht bei seiner alten Religionsgemeinschaft. Es gab in Wien vier oder mehr Gotteshäuser dieser Richtung, und in Zürich wurde ihm mitgeteilt, dass eine kirchliche Trauung heutzutage kein Problem mehr wäre, auch unter diesen Voraussetzungen, in Zürich nicht und in Wien schon gar nicht.

„Vielleicht sind Sie ja so was wie der verlorene Sohn, von dem die Bibel berichtet. Der Vater hatte nach dessen Rückkehr ein grosses Fest veranstaltet!"

Nun, diese Bemerkung mochte ja theologisch vielleicht stimmen, diese hätte sich aber der Kirchenmann in Zürich besser verkniffen. Trotzdem wollte Samuel in Wien Kontakt mit einem dortigen Seelsorger aufnehmen, denn so viel er noch von früher wusste, stellte diese Kirche zu Hochzeiten immer einen ziemlich grossen Chor, den Organisten, den Prediger und alles gratis zur Verfügung. Überkam ihn da etwa ein gewisses Heimweh nach dieser Gemeinschaft. „Ja und nein!", dachte er sich im Stillen.

„Wir wohnen in Wien nicht im Sacher, doch auch das Intercontinental ist ansprechend", meinte Samuel, als sie mit einem Mietwagen vom Flughafen Richtung Innenstadt fuhren.

„Das Hotel Sacher bedeutet für mich nur ungute Erinnerungen! Trotzdem habe ich Lust nach einem Stück Sachertorte, aber die kriegen wir auch anderswo. Mindestens zum halben Preis, ohne in einer Warteschlange brav zu stehen, bis ein Platz frei wird, und sicher ebenso gut. Mit uns kann man nicht machen, was mit den Touristenherden tagtäglich veranstaltet wird. Wir sind nicht wie zum Beispiel Japaner, die auf einer siebentägigen Europatournee durch möglichst vielen Länder und Städte geschleust und gehetzt werden und sich später anhand vieler Fotos zu erinnern versuchen, was nun wo genau war", erwiderte Veronika.

Das Intercontinental besitzt eine grossräumige und eindrucksvolle Lobby und Eingangshalle. Man fühlt hier die grosse und weite Welt. Hingegen in altehrwürdigen Häusern wie dem Sacher oder dem Imperial wird man gestreichelt und geschmeichelt vom Glanz und der Grösse vergangener Zeiten. Kommt also darauf an, was einem lieber ist, und ob man auch pro Tag gerne dafür ein paar Hunderter oder gar Tausender mehr zahlt.

Samuel und Veronika brauchten ihr Hotel ohnehin nur zum Übernachten. Sie klärten den Verkauf der Wohnung, der tatsächlich an einen reichen Russen, wie denn anders, bereits erfolgt war, und bemerkten dabei, dass der Immobilienhengst zwar gute Arbeit geleistet, aber auch tüchtig mitverdient hatte. Die Wohnung wurde samt Mobiliar veräussert, das Veronika sowieso nicht mehr sehen wollte.

„Einfach keine Erinnerungen mehr an mein früheres Leben. Nein, eigentlich nicht Leben, sondern Dahinvegetieren! Aber eine gute Million Euro sind auch nicht schlecht als Erlös aus jenen Mauern. Soll ich diese gleich nach Zürich überweisen?"

„Versuch dies, mit den nötigen Unterlagen und nach Steuerabzug hier. Weißt du, unsere Banken hatten zum Teil viel Dreck am Stecken und sind vorsichtiger geworden. Ich würde das Geld sowieso bei einer Privatbank in Zürich anlegen und nicht bei den Global-Players", ermunterte sie Samuel.

„Aber nun zu unserer Hochzeit. Ich habe alle nötigen Papiere dabei. Wo ist hier ein Standesamt?"

„Wenn du lieb zu mir bist, verrate ich dir das", lächelte Veronika ganz verführerisch.

„Komm in unser Zimmer, ich beweise dir meine unendliche Liebe zu dir!"

„Nicht immer nur durch Sex, mein brünstiger Kater, sondern durch echte Zuneigung, Wärme und vor allem Treue!"

„Gewiss, aber gehört Sex nicht auch dazu?"

„Wohldosiert schon! Also, gehen wir in unsere kleine Suite!"

Die Dosierung dort war bald überdosiert oder alles glich einem mittleren Vulkanausbruch. Tausend kleine Pfeile trafen beide bis ins Mark und machten sie berauschend glücklich.

12

Nach der Ziviltrauung fand die kirchliche Feier in einer hübschen, aber gerade für die katholische Veronika ziemlich schmucklosen Kirche statt, zu der ihr Ehemann seit Kindsbeinen angehörte. Ein melodischer vierstimmiger Chor, ein dezentes Orgelspiel, ja sogar etliche Interessierte aus jener Kirchgemeinde nahmen an der sonst schlichten Feier teil.

Ein wirklich schöner Blumenschmuck zierte den Altar oder die Kanzel. Der Prediger oder Priester, der sie segnete, fand zuvor innige, ja liebevolle Worte, die zu Herzen gingen.

Kurz: Es war eine schöne, traute Feier, nicht unbedingt für das Auge, denn das ganze Brimborium und der üppige vergoldete Barock fehlten, aber alles ging durch die Herzlichkeit, die Wahrheit und Lebensweisheit des gesprochenen Wortes, durch die Einfachheit und Schönheit der musikalischen Umrahmung unter die Haut; nein, noch viel tiefer: in die Seele.

Als nach der feierlichen Handlung Samuel dem Prediger einen 500-Euro-Schein überreichen wollte, meinte dieser: „Lieber Bruder Kreuzer, Sie wissen doch, der Opferstock ist hinten beim Ausgang. Wenn Sie wollen, können Sie den Betrag dort einwerfen. Wir nehmen persönlich kein Geld!"

„Ja, natürlich! Vielen Dank für Ihre Ansprache und den Segen", erwiderte Samuel recht verlegen. „Ich war beruflich viel unterwegs und darum längere Zeit nicht mehr in der Kirche!"

„Oh, inzwischen ist diese in vielen Ländern der Erde präsent! Vielleicht ist der heutige Tag für Sie ein Neuanfang?"

„Möglich!", meine Samuel, etwas befremdet über den Missionsdrang. „Können wir noch ein paar Aufnahmen machen?"

„Selbstverständlich. Es steht Ihnen das ganze Gebäude zur Verfügung!"

„Lieber draussen. Sie haben einen gepflegten Vorgarten!"

„Nur zu!"

Das Hochzeitsessen nahmen sie im kleinsten Kreis von ein paar Personen irgendwo in einem rustikalen

Restaurant im Wienerwald zu sich. Verwandtschaft hatten sie beide praktisch keine oder dann jahrelang keinen Kontakt mehr. Portionen für Fuhrmänner gab es und Heurigen. Zum Dessert „Mohr im Hemd" und ein grosser Brauner sowie natürlich ein Stamperl rundeten alles ab.

Am späten Abend im Hotel meinte Veronika ganz spontan zu ihrem frischgebackenen Ehemann: „Mein liebster Bär, ich entdecke immer mehr, dass überall auf der Welt Lug und Betrug, Korruption und grosser Beschiss vorherrscht, und zwar praktisch auf allen Gebieten. Leider oft auch bei den Religionen. Dieser Mann von heute, in ‚deiner Kirche', der hat es aufrichtig und ehrlich gemeint. Ich fühle, dass der glaubt und das sogar selber lebt, was er predigt!"

„Ja, mein Engel. Auch hier gibt es Ausnahmen, aber genau das ist der Grund, dass ich diese ‚meine' Kirche nicht vergessen kann. Übrigens: Das sind alles sogenannte Laienprediger, ohne Studium. Und die meisten arbeiten jeden Tag in ihrem Beruf. Lass uns einmal darüber reden, doch nicht in unserer Hochzeitsnacht!"

„Die wir schon lange zuvor erlebt haben", lächelte Veronika.

„Sei doch nicht so altmodisch! Schon bei den alten Juden galt der vollzogene Geschlechtsakt als Anlass zur Verlobung!"

„Du bist aber sehr gebildet in Sachen Geschichte der Sexualkunde!"

„Komm, lassen wir uns gemeinsam in der Gegenwart weiterbilden!"

13

Praktisch jede einigermassen moderne Stadt besitzt eine Stadt an der Oberfläche und immer häufiger auch eine Stadt in der Erde. Dabei sind nicht nur das Abwassersystem von oft Hunderten von Kilometern, U-Bahn-Stränge, die mit Rolltreppen in die Tiefe erreicht werden, unzählige Leitungen und Rohre für Heizung, Elektrizität und weitere Dienstleistungen gemeint. Das Leben einer Megacity spielt auch immer mehr im Boden eine Rolle, sei dies im fünften Untergeschoss eines Bankhauses, eines Einkauftempels oder gar eines sehr verschwiegenen Restaurants mit besonderer Faszination.

Man spricht auch im übertragenen Sinn vom Untergrund einer Stadt und meint damit die Halbwelt und die Krimiszene. Diese Unterwelt greift aber auch sehr gerne in die sogenannte Oberwelt mit ihren gestreiften Massanzügen aus noblem Tuch und Krawatten und mit Klunkern behangenen Damen, sei dies sonst in edlen Büros oder an irgendeinem Pool einer Luxusvilla. Die Grenzen sind undurchsichtig und übergreifend, und darum die Ermittlungen in konkreten Fällen schwer bis unmöglich!

In einem rundherum mit Spiegeln ausgeschmückten Fahrstuhl, der dadurch so gross erschien wie ein Speisesaal, glitten einige Herren von einem Bürohochhaus in die Tiefe.
Geräuschlos öffnete sich die Türe des Lifts und gab den Blick frei auf einen Raum in gedämpftem Licht mit vertraulichen Nischen.

Wie viele Stockwerke unter der Erde man hier war, wussten nur wenige Eingeweihte. Blitzende Kristallgläser wurden gefüllt mit edlen Tropfen, sei dies Champagner, Rot- oder Weisswein mit besonderen Etiketten oder auch erlesenem Whisky, Cognac und vielen anderen härteren Getränken. Ein reichhaltiges Buffet mit kleinen Amuse-bouches in der Mitte des Raumes auf einer Anrichte lockte sogar die Nichthungrigen. Auch Rauchen war hier erlaubt, denn vermutlich hat noch keine Polizei diesen Raum gesehen oder gar inspiziert, und die Lüftung um Klimaanlage war Spitze.

Wer war denn dieser erlauchte Kreis? Freimaurer, Bilderberg-Zirkel, oberste Banker, Mafiosi? Das wusste niemand ausser den Gestalten dieser Oberwelt in der Unterwelt selbst. Und selbst diese wussten niemals alles. Könnte man vielleicht eine Putzfrau, einen Portier, eine Servierkraft, einen Hausverwalter fragen? Diese alle wüssten es auch nicht, waren sie doch sehr gut entlohnt und damit zufrieden.

Leises Geplätscher der Gespräche überall. Es gab offenbar keine Tagesordnung, sondern nur „Erfahrungs- und Meinungsaustausch" und ein paar konkrete Aufträge. Einer davon lautete: „Es musste ein Querschläger und möglicher Verräter endgültig zum Schweigen gebracht werden. Dieser wohnte zurzeit im Intercontinental in Wien."

Einen Killer anzuheuern war immer etwas fraglich. Man hatte es nachher meist mit Erpressung zu tun und musste auch diesen entsorgen. Selbst die Hände machte man auch nicht gerne schmutzig. Also jemand den Mord in die Schuhe schieben, der keine leiseste Ahnung hatte von den Vorgängen! Und dieser jemand war diesmal ein Dr. Samuel Kreuzer aus der Schweiz. Dieser wohnte in seiner Hochzeitsnacht im Zimmer oder der Suite neben dem ausersehenen Opfers und war durch erdrückende Indizienbeweise vermutlich bald einmal für Jahre hinter Gitter.

„Abgemacht, so machen's wir. Du, Herbert, gehst also mit einem Passepartout in die Suite von unserem Lump und bringst ihn mit gezieltem Messerstich für immer zum Schweigen. An diesem Messer, das bei der Leiche liegt, sind dann nur die Fingerabdrücke dieses Schweizers.

In dessen Zimmer liegen hernach etwa 100'000 Euro Judaslohn. Das frisch vermählte Ehepaar ist jetzt noch beim Heurigen im Wienerwald und ihr Zimmer ist frei. Schau dich dann auch genau um in den Räumen von unserem Opfer, damit kein Papier, kein PC, gar nichts einen Hinweis auf uns liefert! Noch Fragen?"

„Im Moment keine! Aber ist der Plan nicht doch etwas zu simpel?"

„Er darf gar nicht raffiniert wirken. Die beiden sind von einer längeren Afrikareise zurück und haben dort sicher in den Unruhegebieten viel Geld gebraucht. Seine Frau ist die ehemalige Gattin des Direktors des Kunsthistorischen Museums in Wien. Kanntest du ihn?"

„Nein!"

„Da hast du auch nichts verpasst. Er ist bei einem Verkehrsunfall ums Leben gekommen!"

„Gekommen worden?"

„Wie man's nimmt!"

14

Irgendein Kommunikationsfehler schlich sich aber auch bei diesen übermächtigen Männern ein, denn Samuel und Veronika waren schon zurück in ihrer Suite, als nebenan praktisch geräuschlos der Mord verübt wurde.

Sie schliefen nicht mehr miteinander, sondern schön brav nebeneinander, als am nächsten frühen Morgen die Polizei bei ihnen Sturm läutete. Zunächst wollte Samuel eine Frucht essen, denn sein Gaumen fühlte sich an wie Leder.

„Wo ist denn nur unser Fruchtmesser hingekommen", murmelte er, während er noch etwas schlaftrunken auf das wilde Läuten öffnete und gleich losdonnern wollte, was für ungehobelte Pöbel denn morgens in aller Frühe sie stören würden.

Draussen auf dem Flur warteten drei Uniformierte der Wiener Gendarmerie, und einer meinte etwas süffisant: „Das Fruchtmesser suchen Sie also? Das steckt in der Leiche in der Suite nebenan! Haben Sie dafür eine Erklärung?"

„Wie bitte?", fragte Samuel, nun plötzlich hellwach.

„Gehen Sie weg!", meinte der vermutliche Kommandant dieser Gruppe und stürmte in ihre Suite. „Wir müssen hier alles sicherstellen!"

Die praktisch noch nackte Veronika, schützend ein Bettlaken vor sich haltend, forderte sehr bestimmt: „Zeigen Sie unverschämter Lümmel erst mal Ihren Durchsuchungsbefehl!"

„Den unverschämten Lümmel werden Sie noch bereuen, Sie frisch getraute Frau Kreuzer! Und einen Durchsuchungsbefehl brauchen wir nicht, denn wir sind hier in einem Hotel und nicht in Ihren Privaträumen!", antwortete der Polizist schnippisch und riss alle Schränke und Schubladen auf, so dass sich Veronika nicht mal etwas überziehen konnte und die anderen Gesetzeshüter etwas lüstern auf sie blickten.

Die 100'000 Euro waren bald gefunden! „Ist das Ihr Geld?", fragte ziemlich zynisch der Finder, während Samuel und Veronika verdutzt auf die Bündel der Euro-Scheine starrten und beteuerten: „Wir haben dieses Geld noch nie gesehen!"

„Natürlich nicht, gnädige Frau! Ziehen Sie sich gefälligst etwas an und folgen sie uns beide aufs Präsidium. Sie sind verdächtigt des Mordes an Herrn Dr. Giesendanger, ehemaliger Direktor der Bank Euro-City in Wien!"

„Seid ihr den alle verrückt geworden?", schrie nun Samuel entsetzt. „Wir kennen doch keinen Banker aus Wien!"

„Das wird sich zeigen! Notarzt, Spurensicherung, Polizeifotograf und alles ist nebenan im Einsatz, und die Leiche wird soeben in die Gerichtsmedizin überführt!"

„Ist uns egal. Lassen Sie uns gefälligst in Ruhe, oder ich rufe den Schweizer Botschafter an!"

„Vermutlich ist der um diese Zeit noch im Bett!"

„Vermutlich hat Seine Exzellenz, der Herr Botschafter, mindestens einen Stellvertreter!"

„Lassen wir den Kleinkrieg und kommen Sie jetzt ohne Aufsehen mit, oder wir legen Ihnen beiden Handschellen an!"

„Ist das die vielgerühmte österreichische Gastfreundschaft oder einfach der ebenso berühmte „Wiener Schmäh"?"

„Dies alles hört bei Mordverdacht auf!"

„Natürlich, wir Schweizer sind ja so deppert, dass wir das Obstmesser mit vermutlich nur unseren Fingerabdrücken bei der Leiche lassen und die dicken Bündel Euroscheine im Hotelzimmer verstecken! Fällt den Herren Polizisten dabei immer noch nichts auf? Komm, Veronika, gehen wir mit diesen Idioten. Sie werden bald in der Presse zur Lachnummer. Dafür werde ich mit aller Kraft sorgen!"

„Aber ich muss mich zuerst ankleiden!"

„Kleide dich nur vor ihren Augen an. Ich werde alles mit meinem Handy filmen und diese Lustmolche von Boulevardpresse und im TV zerreissen lassen!"

Zum inzwischen aufgeregten und nahezu verzweifelten Hoteldirektor meinte Samuel knapp: „Wir behalten die Suite selbstverständlich und kommen bald zurück!"

15

Im Präsidium wehte ein etwas anderer Wind. Ein überlegter und sehr wortkarger Chefbeamter kam nach gut einer Stunde zu den innerlich zappelnden Verhafteten und fragte knapp: „Was haben Sie gegen Ihre Festnahme entgegenzubringen?"

„Vieles! Nein, alles, Herr Kommissar!"

„Reden Sie bitte!"

„Also mal vorweg: Wollen Sie einen reinen Indizienprozess mit zwei ganzen und sehr fraglichen Punkten und damit den ganzen Wiener Polizeiapparat als Lachnummer verkommen lassen?"

„Keine Gegenfragen, Ihre Darstellung der Sache bitte!"

„Gut. Wir kommen aus Afrika zurück, über Zürich nach Wien. Zuvor erlebten wir ziemlich wilde Zeiten auf unserer Reise an die Quellen des Nils und in verschiedene Länder, in denen es momentan zugeht wie in einer Vorstufe der Hölle. In Wien haben wir gestern geheiratet und wohnen seit wenigen Tagen im Intercontinental.

Leider wurde nun im Nebenzimmer ein Mann erstochen aufgefunden, mit ‚unserem' Früchtemesser. Wie viele Leute sich dieses Messer beschaffen können, weiss vielleicht das Zimmermädchen, die Gouvernante oder sogar der Hoteldirektor. Dann gibt es noch unzählige Unbefugte, die sich befugt machen können, in ein anderes Zimmer einzudringen, um ein solch einfältiges Mordwerkzeug zu beschaffen. Wichtig sind einfach die rechten Fingerandrücke am rechten Ort. Wenn das keine Manipulation ist, was denn sonst?

100'000 Euro in unsere Klause zu schmuggeln, während unserer Hochzeitsfeierlichkeiten ist ebenso ein Kunststück für einen Zweitklässler. Diese zwei sogenannten Indizien genügen aber der Wiener Polizei offenbar, um uns als mutmassliche Mörder abzuführen und zu verhaften. Wenn alles in der Welt so einfach wäre, hätten wir überall das totale Chaos!"

Ausser Atem stockte hier Samuel. Er hatte sich erneut in einen heillosen Zorn hineingeredet.

„Sie sind nicht verhaftet, sondern lediglich zu einer Untersuchung vorgeladen!"

„In Handschellen? Ist das die berühmte Gastfreundschaft im östlichen Nachbarland?

Haben Sie oder einer Ihrer Helfer schon mal die Videokassetten aller Überwachungskameras ausgewertet und darauf vielleicht jemanden entdeckt, der nicht im Hotel eingecheckt ist?"

„Alles im Gange!"

„Dann lassen Sie uns in unserem Hotel ein schönes Mittagessen geniessen, Herr Kommissar! Und lassen Sie die Wiener Unter- oder Halbwelt studieren, die ja immer und überall hineinreicht bis in die Spitzen der Gesellschaft!"

„Machen wir! Überlassen Sie das nur uns!"

„Aber gerne! Können wir jetzt gehen?"

„Ja, zu weiteren Befragungen müssen Sie sich allerdings zur Verfügung halten und können die Stadt vorderhand nicht verlassen!"

„Warum denn? Die Schweiz zählt auch zum Schengen-Raum, und Sie können uns jederzeit auch aus Zürich hierher zitieren! Die Zeiten sind vorbei, in denen bei uns Wilhelm Tell die habsburgischen Vögte mit der Armbrust erschossen hat!"

„Kommen Sie mir nicht mit Legenden, obschon diese immer wieder lustig klingen!"

„Lustiger jedenfalls, als was wir hier erleben müssen. Servus!"

Beim Hinausgehen schauten sie einen Augenblick recht verblüfft an eine der vielen Wände.
Was hing denn da für ein Farbdruck? Tatsächlich, eine Aufnahme vom Nil bei Khartum!

16

„Es kommt darauf an, wie viel Zeit es braucht, bis die Behörden ein Bauernopfer gefunden haben. Die wirklichen Drahtzieher finden sie vermutlich doch nicht", murrte Samuel beim verspäteten Mittagessen im Hotel, das beide trotz allem Erlebten mit ziemlichem Appetit zu sich nahmen.

„Meine liebste angetraute Frau, komm, lass uns so bald wie möglich nach Zürich abreisen."

„Meinst du, wir kommen hier ungeschoren raus?"

„Wie viele Morde gibt es täglich in Wien?"

„Keine Ahnung. Aber wir sind hier nicht Rio de Janeiro oder Mexico City!"

„Selbst dort kämen wir raus, mit etwas Glück, einer Perücke und einer guten Sonnenbrille. Wie gesagt, wir sind hier im Schengen-Raum!"

„Buchst du den Flug für morgen?"

„Gerne! Willkommen in Zürich!"

„Sag das erst, wenn wir dort sind!"

Entweder hatte die Wiener Polizei zu wenig Personal, oder aber sie nahm die Überwachung von Samuel und Veronika überhaupt nicht ernst: Jedenfalls kamen die beiden am nächsten Tag ohne Probleme und sogar ohne Perücke und Sonnenbrille, ohne Hinken und andere übliche kleine Tricks ungehindert an Bord einer Swiss-Maschine nach Zürich und waren gut zwei Stunden später in Samuels schöner Wohnung.

Inzwischen war auch der ansehnliche Betrag vom Verkauf der Wiener Wohnung auf einer Zürcher Bank eingegangen. Alles in Butter! Alles?

Samuel schaute mal schnell in seinem Büro vorbei und erfuhr, dass ein anderer Mann an seinem Pult sass, und zwar definitiv. „Sie waren einfach viel zu lange unentschuldigt weg. Das geht nicht, wenigstens nicht bei uns. Wir haben einen guten Ersatz gefunden für Sie!"

„Aus Deutschland?", fragte er bitter.

„Das tut doch nichts zur Sache! Ja, er kommt aus Berlin und war auch lange Zeit dort tätig auf der berühmten Museumsinsel!"

„Dann wird er hier in Zürich sicher vollumfänglich glücklich sein! Wenn er doch wider Erwarten geht, sucht mich nicht mehr. Es hat sicher noch mehr tüchtige Leute auf der Museumsinsel in Berlin!"

„Sie müssen absolut nicht anzüglich werden", meinte der Rektor ziemlich sauer.

„Ich war auch schon in Berlin in den berühmten Museen, Pergamon und so weiter. Hat aber nicht sehr viel mit Ägyptologie zu tun. Ich bin nicht anzüglich, doch enttäuscht von den Machenschaften hier! Es hat in Berlin vermutlich noch viele gute Leute, die gern mal einen Abstecher ins Schokoladenland Schweiz machen! Adieu!"

Wütend verliess Samuel die Uni Zürich, in der er seiner Ansicht nach so viel Zeit gut gearbeitet hatte. Für immer? Vermutlich!

Der zweite Schlag traf ihn dann zu Hause. Er wühlte in einer alten Schachtel, die er von seinem Vater nach dessen Tod übernommen hatte und noch nie so richtig in den Händen hatte. Er fand ja jetzt Zeit für solche Dinge und suchte Ablenkung. Dort fand er ein Dokument, das ihn wirklich erschütterte.

Die Adoptionsbehörde Zürich teilte seinem Vater vor über zwanzig Jahren mit, dass der Junge mit

Namen Samuel nun endgültig für ihn und seine Frau zur Adoption freigegeben würde.

„Dann kenne ich meine wirklichen Eltern überhaupt nicht!", flüsterte er erschauernd. Er weinte plötzlich wie ein Kind. Und so fand ihn Veronika. Sie erschrak zutiefst und brachte zunächst kein Wort hervor. Endlich meinte Samuel kleinlaut: „Liebste, du hast einen Bastard geheiratet!"

Als ihr Samuel seinen Fund erklärt hatte, erwiderte Veronika: „Herr Samuel Kreuzer, Sie sind doch ein urdemokratischer Schweizer. Wie kommen Sie denn zu einem Ausdruck, den früher nur die Adligen brauchten und der wirklich veraltet ist?"

„Was meinst du?"

„Ganz einfach: Bastard!"

„Sorry, ich habe wirklich eine sehr kluge Frau! Ich will trotzdem herausfinden, wer meine wirklichen Eltern sind!"

„Kluge Frau ist schon gut. Aber ich höre lieber von dir: Eine sehr liebe Frau! Warum willst du in der Vergangenheit herumwühlen? Macht dich dies glücklicher? Lass doch alles, wie es ist, auch wenn du im Moment als Arbeitsloser einen Haufen Zeit hast, in alten Sachen zu wühlen. Es bringt vielleicht nur neuen Schmerz!"

„Von meinen frommen Eltern, nein Stiefeltern, hätte ich mehr Ehrlichkeit erwartet. Lass mich suchen! Wir hatten bald 200 Jahre keinen Krieg mehr hier, und bei uns sind nicht die meisten Unterlagen umgekommen. Taufregister in der Kirche, Adoptionsbehörden und so weiter, da kann ich doch nachfragen!"

„Tue, was du nicht lassen kannst! Aber besser wäre, wir gingen zunächst auf unsere Hochzeitsreise. Schon mal darüber nachgedacht?"

„Ja, wie wär's mit Venedig?"

„Herrlich, wann?"

„Bald!"

17

Im Büro für Adoption versteckten sich die Mitarbeiter hinter dem Datenschutzgesetz und ihren Vorschriften, dass sie grundsätzlich nicht berechtigt seien, adoptierten Kindern Kenntnis über deren leibliche Abstammung zu geben.

Als Samuel blödsinnigerweise versuchte, mit einer kleinen Bestechung diese Barrieren zu entfernen, erntete er Entrüstung und die Bemerkung: „Herr Kreuzer, wir sind hier in der Schweiz, nicht in einer Bananenrepublik!"

So sprach er bei seiner ehemaligen Kirchgemeinde vor und wurde dort vom Verwalter des Kirchenbuches, das heutzutage natürlich digital gespeichert ist, freundlich empfangen:
„Sie haben ja kürzlich in Wien den Segen zur Trauung empfangen", meinte dieser.

„Ja", meinte Samuel etwas konsterniert und dachte: „Entweder haben sie heute eine Superorganisation oder sie sind doch eine kleine Gemeinschaft geblieben, bei der jede Erkältung gemeldet wird". Aber freundlich brachte er sein Anliegen vor.

„Ich kannte Ihre Eltern noch sehr gut, ehe sie durch den tragischen Unfall ums Leben kamen. Ihre Taufe war also vor etwa 25 Jahren? Das haben wir bald!" Ein paar Klicks im Computer, und das Datum wurde auf dem Bildschirm sichtbar und ausgedruckt. „Wir haben alle Daten bis zurück in das Jahr 1970. Für noch frühere Angaben müssten wir die alten Kirchenbücher konsultieren. Sie wurden getauft auf den Namen Samuel. Aber von einer Adoption ist hier nicht die Rede. Da kann ich Ihnen nicht helfen!"

„Wirklich nicht? Wenn Sie doch meine Eltern so gut kannten!"

„Ja", zögerte der ältere Herr, an den sich sogar Samuel noch glaubte etwas erinnern zu können aus seiner Kindheit. „Sie liessen damals durchblicken, dass ihr kleiner Sonnenschein von jungen Leuten namens Storto herkomme. Ich glaube, das war ein Italienerpaar, das als Gastarbeiter in der Schweiz weilte und nicht ohne grosse Probleme mit einem unehelichen Kind nach Italien zurückkehren konnte."

„Und? Wohin zogen diese Stortos nachher?"

„Ich habe noch im Kopf nach Venedig!"

„Sind sie noch dort?"

„Keine Ahnung! Kommen Sie auch wieder mal in unsere Kirche?"

„Schon möglich! Vielen Dank auch!"

„Storto heisst, glaube ich, soviel wie bitter! Ja, eine bittere Sache, der ich weiter nachgehen werde!", sinnierte Samuel auf dem Weg zurück zu Veronika.

„Hast du immer noch Lust nach Venedig?", meinte er aufgeräumt zu seiner Frau.

„Immer! Aber warum so plötzlich und in einer solchen Eile? Was hast du herausgefunden?"

„Vielleicht hast du einen Italiener geheiratet, der seine Wurzeln in Venedig hat!"

„Oh, wie romantisch. Aber hoffentlich keinen Casanova, der endete ja bekanntlich in den Bleikammern von Venedig. Wir wollen dann dort mal über die berühmte Seufzerbrücke wandeln, und dort stelle ich dir dann die Vertrauensfrage!", lachte Veronika.

Samuel begann, über Internet alle Stortos von Venedig und Umgebung aufzustöbern, die etwa fünfzig oder sechzig Lenze zählten. Er blieb an einem Signore oder gar Duca Giovanni Storto hängen, der in einem respektablen Palazzo am Canale Grande in Venedig wohnte. Er fand sogar heraus, dass dieser noble Herr, nein, sogar Herzog, früher mal für kurze Zeit in der Schweiz wohnte und dort mit einer ziemlich vornehmen Italienerin aus Kalabrien nach Venedig zurückkehrte und diese in einem rauschenden Fest ehelichte.

Er war über seine Nachforschungen derart elektrisiert, dass er zu einer Hochzeitsreise nach Venedig richtiggehend drängte.

Veronika willigte schliesslich wenig erfreut und voller Skepsis ein. „Mache uns nur nicht eine gemeinsame grossartige Zukunft kaputt, versprich mir das!"

18

Venedig, ein Märchen, das langsam, aber sicher verfault und im Meer versinkt, wenn nicht unzählige Milliarden und modernste Technik alles retten, ist immer noch Anziehungspunkt für jährlich viele Millionen von Touristen, mehr also als jede andere Stadt der Welt. Die Kehrseite der Medaille sind freilich verfallende Paläste, verschmutzte Kanäle, Heere von Ratten. Dies aber bekommen die vielen Tagestouristen nicht mit. Die absolute Höchstzahl von Besuchern erreichte Venedig vermutlich im Jahr 2000, in dem etwa 16 Millionen Touristen gezählt wurden.

Der grösste Teil der Bewohner lebt zwar nicht im historischen Zentrum, sondern auf dem Festland und innerhalb der Lagune. Das ‚Centro storico' zählt nur etwa 62'000 Einwohner.

Rund ein Jahrtausend war die Stadt als Republik Venedig eine der bedeutendsten politischen und wirtschaftlichen Mächte im mediterranen Raum. Über die Geschichte ranken sich viele Mythen, tatsächliche Geschehnisse, Sagen und Märchen, dass es

schwer ist, diese ineinander verwobenen Überliefe-
rungen als wahr oder unwahr zu bezeichnen. Ein
Funke Wahrheit steckt wohl in allem.

So auch, dass die Menschen damals vor den Hunnen
auf die Inseln flüchteten, und dass zum Bau dieses
wirklichen Wunders die Wälder an der Adria in Is-
trien und Kroatien abgeholzt wurden, um Millionen
von Pfählen einrammen zu können, auf denen die
Stadt nach und nach gebaut wurde. Darum seien dort
nur noch Karstlandschaften anzutreffen.

Der Handel mit Gewürzen, Salz und Weizen machte
die Stadt reich, und sie entwickelte sich damals zugleich auch zu einem Finanzzentrum. Die stete Teuerung setzt aber heute auch dem Tourismus zu, denn
wer bezahlt schon für einen Espresso gerne fünf
oder acht Euro, der in zwei Schlucken verschwunden ist?

Samuel und Veronika landeten auf dem Flughafen
Marco Polo und fuhren von dort mit einem Wassertaxi ins faszinierende Zentrum von Venedig an den
Markusplatz.
Der Glockenschlag vom Torre dell'Orologio, dem
Uhrenturm, durch die zwei riesigen Bronzefiguren
hervorgerufen, begrüsste sie und mit ihnen viele
andere Ankömmlinge, denn es war gerade zwölf Uhr
mittags.

Sie leisteten sich, vom Geld der Wiener Wohnung etwas übermütig geworden, ein Zimmer im Nobel-Hotel Danieli, in der Nähe des imposanten Platzes gelegen, dessen luxuriöses Ambiente, die Kronleuchter aus Muranoglas und viele Antiquitäten, selbst in den einzelnen Zimmern das Herz Verliebter schon zum Schwingen bringt.

„Hier bleiben wir aber nicht so lange wie in Afrika, sonst ist unser Vermögen dahin", bemerkte Veronika, die einerseits gerne, zum andern mit Besorgnis nach Venedig reiste.

„Sicher nicht! Am schönsten ist es sowieso zu Hause. Aber lass mich bitte meine Abklärungen treffen!"

„Ebenfalls bitte in abgekürzter Form! Mit einem alten italienischen Herzog legt man sich nicht zum Spass an!"

„Versprochen!"

19

Der kleine Palazzo Amadoni wurde vermutlich im 15. Jahrhundert erbaut. Die Fassade mit dem Portal befand sich in schlechtem Zustand. Auch die Wände bedurften dringend einer umfassenden Renovation. Reste vom Putz hatten sich einigermassen erhalten. Auch der Balkon im ersten Piano war vom Verfall bedroht. Reste einer gotischen Freitreppe waren zu erkennen. Als Samuel nach immenser Suche endlich dieses etwas traurige Haus entdeckte, fand er kein Namensschild, aber es musste der Familie Storto gehören.

Auf mehrmaliges Läuten an einer verrosteten Klingel öffnete endlich ein vermutlich gut fünfzigjähriger Mann. Eine ungepflegte Erscheinung, die wohl schon besser Zeiten gesehen haben musste. Offensichtlich war der Mann auch krank.

„Signore Storto?", fragte Samuel zögernd.

„Si", tönte es etwas feindselig und mit gebrochener Stimme zurück. „Was wünschen Sie?"

„Ich bin Samuel Kreuzer aus der Schweiz und suchte Sie wie die berühmte Nadel im Heuhaufen. Ich denke, Sie verstehen dieses deutsche Sprichwort, Herr Herzog, denn Sie waren in ihren Jugendjahren in der Schweiz!"

„Trotzdem, was wollen Sie?", erwiderte Storto, sichtlich unruhig geworden.

„Sie endlich kennen lernen! *Sie sind mein Vater, und ich bin ihr Sohn!*

Storto wich alle Farbe aus dem Gesicht und er flüsterte heiser: „Kommen Sie herein! Aber wenn ich eine falsche Sache an Ihnen entdecke, dann sind Sie des Todes! Venedig hat viele schweigenden Kanäle!"

„Wir sollten nicht schweigen, sondern reden!"

Im Innern des Palazzo sah es nicht ganz so jämmerlich aus wie aussen. Doch man sah deutlich, es fehlte überall an Geld zur Renovierung und Erneuerung. „Erzählen Sie", forderte Storto sein Gegenüber auf, nachdem sie sich auf etwas wacklige Stühle im früher sicher prunkvollen Salon gesetzt hatten. „Wollen Sie einen Espresso?"

„Gerne! Ich habe nicht viel zu erzählen, aber vermutlich Sie", begann Samuel. „Meine Adoptiveltern sind bei einem Unglück ums Leben gekommen, und ich stiess erst kürzlich darauf, dass ich nicht ihr leiblicher Sohn bin. Trotzdem bleiben sie meine Eltern, denn sie haben mich grossgezogen und meinem Leben einen Sinn gegeben.

Kürzlich fand ich zufällig ein altes Dokument über meine Adoption, und in der zuständigen Kirchgemeinde wurde ich fündig. Ich konnte studieren und bin Dr. in Ägyptologie, seit kurzem sehr glücklich verheiratet und nun auf der Suche nach meinem Erzeuger. Sie müssen es sein, darum erzählen Sie, denn Sie waren in jener Zeit mit ihrer Frau in Zürich!"

„Das ist eine lange und sehr traurige Geschichte, ja sogar eine Tragödie. Darf ich du sagen?"

„Wie Sie wollen!"

„Also, ich versuche kurz das Wesentliche zusammenzufassen. Meine Eltern, die Herzogen Storto, haben mich ungestümen Jungen praktisch in die Verbannung nach Svizzera geschickt. Damals kamen ja Hunderttausende Italiener in die Schweiz, um etwas zu verdienen und die sauer erworbenen Franken nach Hause zu schicken. So fiel ich unter jenen Massen nicht besonders auf. Ich hatte Dummheiten begangen und die Herzogenfamilie damit nach Ansicht meiner Eltern befleckt.

In der Schweiz musste ich sogenannte niedrige Dienste antreten als Kehrichtmann, später dann immerhin als Kellner in einem neu eröffneten italienischen Restaurant. Dort lernte ich ein Mädchen kennen und lieben, die mich mit ihren feurigen Augen, ihrer seidenen Haut und vor allem durch ihren Charme, Geist und dem südlichen Temperament bezauberte. Wir liebten uns leidenschaftlich und unbekümmert, bis Patricia, ursprünglich aus Kalabrien kommend, schwanger wurde.

Wir erschraken zu Tode und freuten uns aber gleichzeitig auch auf das werdende Leben. Als gute Italienerin und einigermassen fromme Katholikin kam für Patricia eine Abtreibung nicht in Frage. Nach ihrer Niederkunft beschlossen wir unter Tränen, unser Bambini, einen herzallerliebster nJungen, zur Adoption freizugeben.

Ich kehrte mit meiner Patricia reumütig nach Venedig zurück. Ach, wäre ich nur in Zürich geblieben und dort glücklich geworden. Aber das Vermögen und der Adelstitel meines Vaters lockten. Ich Dummkopf wollte zurück wie der verlorene Sohn in der Bibel. Patricia gewann mit ihrem Charme zunächst die Herzen meiner Eltern. Als diese jedoch Nachforschungen über sie anstellten und erfuhren, dass sie aus einer armen Fischerfamilie aus Kalabrien stammte, war die Hölle los. Für stolze Venezianer waren die Menschen südlich von Rom sowieso keine rechten Italiener mehr.

Das rauschende Hochzeitsfest täuschte nach aussen, innerlich war und blieb aber ihr einziger Sohn nur ein Stachel im Fleisch. Wir wohnten hier in diesem alten Palazzo wie die Ratten in den unteren Gemächern und wurden Tag um Tag gedrängt, auszuziehen und nie mehr unter ihre adligen Augen zu kommen. Dabei war mein älterer Herr ein heimlicher Spieler, der das ganze Vermögen der Familie durchbrachte. Er und meine Mutter kehrten eines Tages nicht mehr von einer Bootsfahrt zurück. Man munkelte, die Mafia habe ihre Hände im Spiel gehabt, denn inzwischen war die Spielsucht meines Vaters ziemlich bekannt geworden. Ihre Leichen wurden nie gefunden!

Als einziger Sohn erbte ich den Palazzo, der inzwischen eine Bruchbude geworden ist. Wir hatten ein Dach über dem Kopf und ein wenig Bargeld von einem geheimen Konto meiner Mutter auf einer Bank im Tessin. Patricia wurde wieder schwanger, und sie gebar schliesslich einen zweiten Sohn, unseren Angelo Henrico Pietro. Wir hätten ihm besser statt Angelo den Namen Diavolo gegeben. War ich schon ein kleiner Bengel, der dem Vater offenbar Schande und Sorge bereitete, so war dieser Sohn ein kleines und schliesslich ein grosses Scheusal.

Patricia brach ob all dem Kummer das Herz, und mein Herz wurde kalt. Sie starb vor fünf Jahren verbittert. Mein einziger Gang in Venedig ist noch ein Besuch auf dem Friedhof. Nun warte ich in diesen verfallenen Mauern darauf, dass auch ich verfalle. Meine Gesundheit ist ruiniert, meine Leber steinhart von der Sauferei, ich habe Krebs und bin vielleicht schon in einem Monat auf dem Armenfriedhof. Dies meine Geschichte in Kürze, mein lieber Sohn. Welche Freude, dich noch einmal sehen zu können als stattlichen Mann!"

„Wo ist jetzt *mein* Bruder Pietro?", fragte Samuel ganz erschüttert.

„Ich weiss es nicht. Äusserlich gleicht ihr einander sehr, obwohl ihr innerlich vermutlich nicht unterschiedlicher sein könntet! Bleibst du in Venedig bis zu meinem Tod, oder noch länger? Du könntest an diesem Bruch-Palazzo vielleicht die Fassade restaurieren und dahinter nach dem Abbruch ein kleines Hotel bauen!"

„Zuerst muss ich die Vergangenheit bewältigen, bevor ich in die Zukunft blicke!"

Bei einer zaghaften und dann aber festen Umarmung meinte das Wrack von einem Vater:

„Die Stimme des eigenen Blutes ist stärker als alles Papier und alle Urkunden. Ich muss die Erbschafts-Sache so schnell wie möglich ordnen!"

20

Tief betroffen kehrte Samuel ins Hotel Danieli zu seiner Veronika zurück, versprach aber seinem Vater, am nächsten Tag mit seiner Frau wiederzukommen.

Gebannt hörte Veronika seiner stockenden Erzählung zu. „Das tönt ja wie ein Märchen! Du, ein verkappter italienischer Herzog? Hebst du jetzt ab, oder bleibst du einer einfachen Magd aus Wien doch noch zugetan?"

Wie tat diese leise Ironie Samuel gut! Er flüsterte seiner Veronika ins Ohr: „Frau Gräfin, wollen Sie Direktorin von einem kleinen, aber feinen Hotel in Venedig werden?"

„Und mich dann von deinem Bruder, der zwar verschollen ist, plötzlich abmurksen lassen? Du weißt doch, Geld zieht alles Ungeziefer an wie ein frischer Kuhfladen auf der Wiese! Und bestätigter Herzog Storto bist du noch lange nicht. Ich habe mir sagen lassen, dass die italienischen Behörden nicht sehr schnell sind!"

„Ich will auch nie Storto heissen. Ich nenne mich nach wie vor Kreuzer, schon meinen Eltern zuliebe. Ich bin zwar anscheinend nicht ihr Fleisch und Blut. Doch mein Herz gehört ihnen, denn sie gaben mir zwar nicht das Leben, sie erfüllten aber mein Leben!"

„Das hast du nicht nur schön gesagt, das ist schön von dir, mein Liebling. Ich liebe dich!"

Am nächsten Tag besuchten beide den innerlich und äusserlich gebrochenen Storto. Samuel hatte das Gefühl, dieser sähe heute noch bedeutend schlechter aus als gestern. Ein Notar war bei ihm, und er bat sie um etwas Geduld. „Ich muss unbedingt die wenige verbleibende Zeit noch nutzen und ein Testament verfassen. Ihr könnt dieses dann nachher sofort lesen und sagen, ob ihr damit einverstanden seid. Angelo wird enterbt oder besser gesagt auf den Pflichtteil gesetzt, sollte er je wieder auftauchen!"

„Wir verstehen zu wenig Italienisch!"

„Kein Problem, wir verfassen das Schriftstück in beiden Sprachen."

Sie sahen sich in der Zwischenzeit etwas um im zerfallenden Gebäude und fragten sich, was für Dramen sich in diesen Mauern in den fünfhundert Jahren wohl abgespielt hatten.

„Immer das Gleiche, so lange es Menschen gibt. Ein wenig Glück, viel Leid, Eifersucht, Betrug, Stolz und Niederlagen, Hass und Liebe, Geborenwerden und Sterben! Ist dies wirklich alles?", fragten sie sich.

„Bei uns nicht! Wir wollen unser künftiges Leben von der Liebe zueinander regieren lassen!"

„Wie viele haben dies oder ähnliches auch schon gesagt?", dachte Samuel. Aber er sagte zum Glück kein lautes Wort dazu.

„Jeder ist seines Glückes Schmied!", philosophierte Veronika weiter und lächelte ihren Samuel an, während dieser im Geist schon ein prächtiges kleines Hotel sah. „Vielleicht verbirgt dieser Palazzo noch einige antike Gegenstände, die wir zumindest als Dekoration brauchen könnten!"

Herzog Storto, Samuel hatte immer noch Mühe, ihn Vater zu nennen, verabschiedete etwa nach einer Stunde den Avvocato und wandte sich erregt, doch müde den beiden zu. „Meine lieben

Kinder, Entschuldigung Signora, wenn ich euch so nenne, aber jetzt kann ich im Frieden sterben, denn nach allem Verdruss und Leid, nach allen Dummheiten meines Lebens, habe ich euch kennen gelernt. Ich habe soeben ein Testament gemacht, im vollen Bewusstsein und geistiger Frische, dass mein unehelicher Sohn Samuel aus Zürich Alleinerbe ist. Viel hinterlasse ich euch nicht. Einen Palazzo, eine Ruine wie ich, den man allerdings im Gegensatz zu mir mit einigen Mitteln wieder aufpäppeln kann. Habt ihr diese Mittel?"

„Das ist jetzt nicht das Wichtigste! Wir werden schauen, was sich machen lässt. Werde aber zuvor wieder gesund, Vater", meinte Samuel, wobei er das Wort Vater fast herauswürgen musste.

„Für mich ist es doch das Wichtigste! Und vergesst nicht, italienische Behörden sind langsam und müssen vielleicht noch etwas geschmiert werden!"

Bei einem gemeinsamen Abendessen im Danieli, bei dem Storto sich seit langer Zeit wieder gut anzog und sich mit besten Manieren zeigte, plauderten sie über Gott und die Welt.

Am nächsten Tag fand man den Duca Storto tot in seinem verfallenen Haus. Der herbeigerufene Arzt stellte Herzversagen fest, wobei auch der fortgeschrittene Krebs und die völlig kaputte Leber mitschuldig an seinem Ableben waren. Niemand wollte eigentlich so recht die Trauerfeier halten.

Da erinnerte sich Samuel, dass ganz in der Nähe von Venedig eine Kirchgemeinde seiner Glaubensgemeinschaft sein musste. Ein dortiger Priester sagte zu, eine schlichte Beerdigung in seiner schlichten Kirche durchzuführen.

Und wieder wurden die Herzen der beiden frisch Vermählten berührt, obschon sie wenig verstanden von der italienisch geführten Trauerfeier, an der nur wenige, aber herzliche und freundliche Leute teilnahmen. Der alte Adel von Venedig, oder was davon übriggeblieben war, hatte einen Herzog Storto längst vergessen.

21

Längst wieder zurück in Zürich nach diesen turbulenten Erlebnissen in Venedig, konstatierte Samuel etwas entmutigt: „Der Amtsschimmel wiehert wohl überall. Hier aber war das Wiehern so unglaublich und nervenaufreibend, dass ich am liebsten alles hinwerfen würde."

Interessanterweise war es gerade Veronika, die zur Geduld mahnte und meinte: „So ein kleines Hotel in Venedig, mit einem guten Geschäftsführer, wäre doch nicht ganz ohne!"

„Aber nicht mit dieser Rasselbande da unten. Mensch, das sind wirklich Zustände wie im alten Rom!"

„Ja, Venedig liegt halt auch in Italien! Beisse dich durch, oder überlasse das mir! Ich will diesen Kerlen schon zweigen, dass wir Geduld und die besseren Nerven haben. Und an geeigneter Stelle werde ich schmieren!"

„Wer und was ist deiner Ansicht nach die geeignete Stelle", fragte Samuel erstaunt seine Frau, denn er erkannte sie kaum mehr mit diesem eisernen Willen.

„Ganz oben ist immer geeignet! Und mit den Waffen einer Frau!", lächelte Veronika.

„Du hast nahezu unbesiegbare Waffen. Aber bitte setze diese nicht ein bei diesen Bürokraten und Paragraphenreitern. Du würdest mir sehr wehtun!"

„Hab doch bitte ein wenig Phantasie, Liebling. Man kann heute mit Computeranimationen manche Fotos so manipulieren, dass sie für die Sensationspresse ein Fressen sind, ohne sich selbst zu beschmutzen."

„Und dafür hast du dann die Mafia am Hals!"

„Dazu sind wir gewiss zu kleine Fische! Kommst du nochmals mit nach Venedig?"

„Ich werde müssen, um dich zu kontrollieren und zu überwachen."

Eine Woche später waren sie wieder in der Lagunenstadt, diesmal zwar nicht mehr im Danieli, denn das würde zu grosse Löcher in ihr Budget reissen.

Zuerst ging Signora Dottore Kreuzer-Steiner allein zu den Erbschaftsbehörden und verlange solange den Chef oder Direttore, bis dieser sie mürrisch in sein Büro rief. Mit einem seelenvollen oder auch glutvollen Augenaufschlag, mit sehr kurzem Jupe, der ihre klassischen Beine aufreizend betonte, und mit einem etwas gewagten Ausschnitt an der enganliegenden Bluse ging sie trippelnd und mit wippendem Busen zu ihrem Stuhl, der ihr schon etwas weniger mürrisch angeboten wurde.

„Was sind doch viele Männer für Schwachköpfe! In jedem Schwimmbad wird ihnen weit mehr Fleisch angeboten", dachte Veronika leise lächelnd. „Der Anfang ist gemacht!"

„Sie sind eine reizende Dame, Signora, und kommen sehr aufreizend zu mir. Aber ihre Mühe ist vergeblich, ich bin nämlich schwul und bekenne mich sogar dazu. Inzwischen ist dies sogar in fortschrittlichen Regionen von Italien möglich! Mit was kann ich Ihnen dienen?"

„Entschuldigung, wenn Sie mich aufreizend finden! Aufreizend ist vielmehr die Langsamkeit und Umständlichkeit in Erbschafts-Angelegenheiten in dieser Stadt. Brauchen Sie für Ihr Hobby und für Ihre Neigung vielleicht etwas mehr finanzielle Mittel?"

„Wer wollte nicht mehr Mittel? Sie nicht? Übrigens ist dieser Raum abhörsicher; Sie können also reden wie und was Sie wollen!", lächelte der Beamte Veronika etwas schmierig an.

„Gut, dann stellen Sie sich mal Ihre Zukunft vor, wenn Ihre Familie, die Sie trotzdem haben und pflegen, überall aneckt wegen Ihrer Veranlagung! Die Sensationspresse, zwar von manchen verpönt, hat auch heute noch Macht, jemanden kaputt zu machen!"

„Was wollen Sie denn überhaupt?"

„Das Erbe meines Mannes, den Palazzo Amadoni, aber subito! Sonst platzt eine Pressebombe. Ob wahr oder unwahr, bei einer Hetzkampagne spielt das keine grosse Rolle. Etwas bleibt immer hängen, und man wird Sie bald meiden wie eine ansteckende Krankheit. Ich garantiere Ihnen, dass ich dafür sorgen werde!"

„Erpressung? Seien Sie vorsichtig! Es könnte tödlich enden!"

„Absolut keine Erpressung, nur eine normale Abwicklung des Verfahrens. Darf ich Sie zusammen mit meinem Mann zu einem Abendessen ins Danieli einladen?"

„Danieli sagten Sie? Warum eigentlich nicht!"

„Gut. Heute Abend gegen 20 Uhr, d'accordo?"

„Si, Grazie, Signora."

22

Zu einem wirklich fürstlichen Essen brachte Signore Baldini von der Abteilung Erbschaften gleich die nötigen Papiere mit für Samuel und Veronika. Das Haus wurde Ihnen zugeteilt, mit der Auflage, möglichst bald grössere Renovationen vorzunehmen, um das Stadtbild insgesamt aufzuwerten. Eine Liste möglicher Firmen für diese Arbeiten lag bei, mit genau zwei Firmen, die wohl dem gleichen Besitzer gehörten und der sehr wahrscheinlich in der Verwandtschaft von Baldini zu finden war. Dann kam für Samuel und Veronika der erste Schlag in den Magen.

„Vom Steueramt Venedig hier noch eine Rechnung, die von den Erben zu begleichen ist. Graf Storto hat nämlich noch für drei Jahre Steuerschulden im Gesamtbetrag von etwa 20'000 Euro", erklärte Baldini mit grosser Schadenfreude.

„Für was sollte denn Storto Steuern bezahlen? Er hatte ja gar keine Einkünfte", fluchte Samuel. „Das müssen Sie das Finanzamt fragen, nicht mich", erwiderte Baldini.

„Was soll's? Hauptsache, wir sind einen grossen Schritt weiter!", konstatierte Veronika.

Angelo Enrico Pietro, der Diavolo, hörte auf geheimen Kanälen vom Tod seines Vaters, kam nach Venedig von irgendwo her und speiste am selben Abend ebenfalls im Hotel Danieli. Sein Kontostand erlaubte dies im Moment zwar nicht, aber dort traf man immer interessante Leute.

Samuel fiel seit einiger Zeit auf, dass ein Herr drei Tische neben ihnen verblüffend ihm selbst glich. Immer wieder suchten seine Augen diesen Mann, und es war ihm unerklärlich, dass ein Italiener so ähnlich aussah wie er. Bis der Groschen fiel, und er mit Erschrecken dachte:

„Eigentlich bin ja auch ich Italiener, und Storto hatte noch ein Kind, das er sogar Diavolo nannte, aber mit Vornamen Angelo Henrico Pietro heisst! Ist das dieser Dreckskerl? Dann ist manchmal die Welt wirklich ein Dorf geworden! Soviel Ähnlichkeit ist tatsächlich verblüffend. Nur sein Augenausdruck ist kalt und hinterhältig!" Das war der zweite Faustschlag in den Magen.

Als endlich Baldini gegangen war – er kannte gut den Chef de Service im Hotel, der vermutlich auch ein Homosexueller war – erläuterte Samuel Veronika leise seinen Verdacht. „Sie mal unauffällig hin! Bemerkst du nicht eine gewisse Ähnlichkeit mit mir?"

„Sicher! Wenn seine Augen nicht wären, würde ich mich vielleicht in ihn verlieben!"

„Ist das ein Kompliment oder eine Drohung?"

„Eine Drohung! Von dem Kerl droht uns gewiss Gefahr!"

„Und dabei bleibst du so ruhig?"

„Wir müssen äusserlich die Ruhe bewahren, sonst werden wir nie zu einem Hotel in Venedig kommen!"

„Du verblüffst mich immer mehr!"

„Gut, dann werde ich für dich nie ein langweiliges graues Mäuslein! Wir müssen dem Kerl nach!"

„Aber wie?"

„Lässt du mich machen?"

„Ja, doch begib dich nicht in Gefahr!"

„In der sind wir doch schon! Guck, er geht, und ich schleiche ihm nach!"

Veronika schlich dem Diavolo unauffällig nach und bemerkte, dass dieser sogar im Danieli wohnte, und zwar im Zimmer 103. Als sie vor dieser Tür stand, öffnete Samuels „Bruder" diese so plötzlich, dass sie verdattert fragte: „Signore Storto?"

„Was wollen Sie von mir, Madame, und warum starren Sie mich seit einer halben Stunde an wie ein Gespenst?"

„Ich möchte Sie vielleicht näher kennen lernen, denn Sie haben *mich* angestarrt?", erwiderte sie in Englisch zurück, denn der Angelo Diavolo benutzte diese Sprache mit einer gewissen Sicherheit. „Kommen Sie mit mir an die Bar?"

„Ich habe eine gut gefüllte Minibar im Zimmer!"

„Ich kenne das Danieli gut, auch die Minibar in den Zimmern. Leider ist dort mein Lieblingsgetränk nicht vorhanden!"

„Dies wäre?"

Blitzschnell musste sich Veronika etwas einfallen lassen und erwiderte: „Eine Bloody Mary"!

„Aha, Amerikanerin!"

„Nein, Österreicherin!"

„Gut, ich komme! Venedig gehörte ja auch einmal zu Grossösterreich", lächelte Angelo freundlich, aber es erschien ihr doch eher teuflisch.

23

An der Bar war zu später Stunde immer noch Hochbetrieb. Veronika ergatterte für sich und den erwarteten Eingeladenen zwei Plätze und streifte sicherheitshalber ihren Ehering vom Finger. Angelo-Diavolo schlenderte bald darauf leger in die Bar und entdeckte Veronika
sofort mit seinen kalten, aber sehr aufmerksamen Augen.

„Sie sind schon da? Sorry. Normalerweise muss der Mann auf die Dame warten und nicht umgekehrt. Dafür sind Sie mein Gast." Zum Barmixer gewandt rief er: „Vittorio, eine Bloody Mary und einen doppelten Chivas on the Rocks!"

Wieder zu Veronika gewandt meinte er vertraulich: „Warum gleicht der Mann in Ihrer Begleitung mir so sehr? Er könnte ja glatt mein Bruder sein!"

„Das ist er vermutlich auch!", zögerte sie keinen Augenblick. „Sein Aussehen hielt mich anfänglich in Aufregung; ein Traummann. Aber er ist ein elender Langweiler! Man kommt in seiner Begleitung ins Gähnen. Des Langen und Breiten erzählte er mir seine Lebensgeschichte. Als Adoptivkind fand er hier in Venedig seinen wirklichen Vater, der kürzlich verstorben ist. Nun will er das klägliche Erbe antreten. Doch sagen Sie mir: Nennen Sie sich nicht Herzog Storto?"

„Nein, ich nenne mich nicht so, obschon ich das bin. Aber das wäre hier in Venedig eher ein Schimpfwort!"

„Warum und wieso?"

„Neugierig?", lächelte er diabolisch.

„Eigentlich schon, denn Sie sehen ähnlich aus wie mein Langweiler, sind wohl aber ein erfahrener und vielgereister Mann. Also aufregend und interessant!", erwiderte Veronika mit einem Augenaufschlag, bei dem manche Männer weich wie Butter würden.

Storto aber dachte „blöde Kuh! Freilich für eine Nacht, warum denn nicht? Eine Traumfigur hat sie!"

„Mein Vater, von dessen Tod ich zufällig irgendwo in der Welt erfuhr, war ein Versager. Ich will einfach mal schauen, ob der Palazzo hier sich lohnt, übernommen und gerettet zu werden!"

„Kann man wohl am besten bei einer Besichtigung! Haben Sie diese schon hinter sich?"

„Nein, ich bin erst heute hier angekommen!"

„Sollen wir zu zweit diese Beurteilung vornehmen?"

„Was sagt denn ihr ‚Langweiler' dazu?"

„Gar nichts! Er schläft gewiss schon!"

„Gut. Wollen wir aufbrechen? Ich besitze noch einen Schlüssel zu diesem Haus, in dem ich seit Jahren nicht mehr war!"

„Wie aufregend! Ich hole mir nur noch schnell eine Jacke. Es wird in der Nacht schon ziemlich kühl hier!"

„Hoffentlich wird es Ihnen in meiner Gesellschaft aber recht warm!", grinste Angelo ziemlich unverschämt.

Veronika lächelte zurück und dachte: „Vielleicht wird es für dich, du Lump, für immer kalt, Grabeskälte!"

Sie benachrichtigte Samuel, dass er schon mit einem Wassertaxi vorausfuhr, um sie im Palazzo zu erwarten. Eine Pistole hatten sie sich auf dem Schwarzmarkt schon am Vortag für einen sündhaften Wucherpreis erstanden. Man wusste ja nie, ob man so ein Ding hier braucht. „Wir werden richtiggehend kriminell", schauderte es sie einen Moment. Doch irgendwie stieg der Adrenalinspiegel in ihr, und komischerweise gefiel ihr immer mehr diese unheimliche, aber einmalige Situation.

Sie bemerkten nicht, dass ihnen eine weitere Gestalt in einem Wassertaxi diskret folgte, die sie schon im Hotel diskret beobachtet hatte. Ein Südländer mit rassigem Schnauzer und forschen Augen verfolgte seit einiger Zeit nahezu jeden ihrer Schritte. Dieser hatte es auf Storto abgesehen. Die Frau an seiner Seite, obschon eine Schönheit, interessierte ihn nicht. Er war gewohnt, dass Storto ständig von Weibern umgeben war. Diese von heute bediente wohl zwei Herren, die sich interessanterweise verblüffend ähnlich waren.

„Fällt denn das dieser Edelnutte nicht auch auf? Die sieht wohl nur das Geld!", dachte dieser.

„Sie müssen dem Herrn die Adresse nennen! Ich kenne mich in Venedig nicht aus", forderte Veronika ihren düsteren Begleiter auf. Dass ihnen ein weit düsterer Mann folgte, bemerkten sie noch immer nicht.

Schliesslich hielte sie an der verfallenen Mauer und auf einer inzwischen morschen Anlegestelle des Palazzo Amadoni und tänzelten vorsichtig über die altersschwachen Bohlen zur knarrenden Eingangstüre. „Haben Sie denn Schlüssel zu diesem Gespensterhaus?", fragte Veronika, nun doch sehr nervös.

„Aber natürlich! Das ist schliesslich mein Elternhaus. Mein Alter hatte bestimmt kein Geld mehr, das Schloss zu ändern", lachte Storto hämisch. Dass er der Hauptgrund zu dieser Verarmung war, verschwieg er tunlichst.

Sie schlichen im Dunkeln weiter, bis ein alter Lichtschalter und eine ebenso alte Glühbirne alles in gelbes Licht tauchte. „Wollen Sie diesen grandiosen Palast von den Tiefen bis zum Dachboden kennenlernen?", meinte Storto, gerade so laut, dass dies hinter einer alten Säule Samuel auch hören konnte.

„Aber sicher! Es ist alles so unheimlich spannend", erwiderte Veronika und merkte, dass sie eine Gänsehaut bekam.

„Vorsicht! Es geht etliche Stufen hinunter. Ich halte Sie fest!"

„Nicht nötig, ich bin Klettern gewöhnt!"

„Aber nicht in der Unterwelt von Venedig", meinte er ziemlich barsch und nahm sie fast zu forsch an der Hand.

Tiefer und tiefer ging's über zum Teil glitschige Stufen, die sich an feuchte und schimmelnde Wände schmiegten, hinunter. Wenn man sich vorstellte, dass viele der jahrhundertealten Gebäude auf inzwischen wohl auch morschen Rammpfählen ruhten, konnte es einem schon gruselig und bang werden. Endlich waren sie zuunterst angekommen, als Storto plötzlich meinte: „Hier habe ich mal als Junge das erste Mädchen verführt und geliebt! Ich will das heute wiederholen! Zieh dich aus!"

Das war wie ein Befehl an Veronika, die darunter zusammenzuckte wie unter Peitschenhieben. „Wir sind nicht wegen eines verborgenen Weinkellers hinuntergeschlichen, sondern wegen eines Sexerlebnisses der besonderen Art!"

„Das lässt du schön bleiben, du Sau!", ertönte Samuels Stimme aus dem Halbdunkel, „Oder ich bringe dich um!"

„Wie kommst denn du hierher? Und warum gleichst du mir so verblüffend?", bellte erschrocken Storto zurück.

„Das ist eine lange Geschichte! Lass meine Frau los, oder ich knalle dich ab!"

„Deine Frau? Keine Edelhure? Oder beides?"

Samuel war darob so ausser sich, dass er sich zitternd vor Wut auf seinen Bruder stürzte.
Die beiden wälzten sich auf dem nassen und kalten Boden eine Zeitlang hin und her, bis Samuel seine Waffe ziehen konnte und einen Schuss abgab, der dem traurigen Halunken in die Schulter fuhr. Angelo heulte vor Schmerz auf und liess von ihm ab.

In diesem Augenblick trat der unerkannte Verfolger zu den beiden am Boden liegenden und zischte in Italienisch: „Angelo, willst du da unten verfaulen? Entweder das Geld oder die Drogen zurück, und zwar ein bisschen plötzlich! Ich bin dir nicht vergebens von Sizilien bis hierher gefolgt!"

Angelo ächzte: „Es ist leider beides beim Teufel! Die Drogen sind verkauft und das Geld ist auch weg!"

„Dann fahre auch du zum Teufel!", schrie der Fremde, fasste die entfallene Waffe und schoss Angelo zwei- oder dreimal in die Brust, bis dieser in sich zusammenfiel und sich nicht mehr regte.

„Das ist ja grauenhaft, entsetzlich!", schrie Veronika auf, während Samuel, der sich gerade aufrichten wollte, wie erstarrt auf den Toten und den Schützen blickte und wie angewurzelt auf den Knien blieb.

„Nun zu uns!", wandte sich der Mörder an die beiden. „Ich kenne euch nicht und ihr mich nicht. Ich weiss nicht, wo genau ich hier bin und verschwinde noch diese Nacht aus Venedig. Der Lump hat unsere Organisation mit mehr als einer halben Million Euro betrogen, und das gibt in unseren Kreisen die Todesstrafe. Wenn ihr mehr wissen wollt, bedeutet das für euch auch den Tod. Also auf Nimmerwiedersehen! Den blöden Kerl könnt ihr wegen mir hier liegen lassen. Da sucht niemand nach jemand. Die jährlichen Hochwasser in Venedig, also das ‚Acqua Alta', vor allem im Winter, werden diese Überreste bald verschwinden lassen, denn dann ist dieses Gewölbe bestimmt voll Wasser. Gebt mir also einen Vorsprung von einer halben Stunde, und wir sind uns beide voneinander los!"

Alles wurde von dem Sizilianer in gutem Englisch vorgetragen, der sich vermutlich oft in Amerika bewegen musste.

„Seid ihr Italiener oder Amerikaner?", fragte der Mann noch.

„Weder noch! Wir sind Weltbürger!", erwiderte Samuel erschrocken und doch erleichtert. Endlich stand er auf!

„Auch gut. Adiós und Good Bye!" Wie ein Spuk war der Mann verschwunden.

24

Ewigkeiten später, zurück in ihrem Hotel, meinte Samuel zu Veronika: „Wir können nur hoffen und beten, dass niemand die Leiche findet!"

„Und die Pistole mit deinen Fingerabdrücken", ergänzte sie.

„Diese liegt jetzt auf dem Grund, im Schlick, des Canale Grande", versicherte Samuel. „Ich nahm sie mit und schleuderte sie ins Wasser!"

„Wir hinterlassen unsere Adresse am besten den zuständigen Ämtern für Rücksprachen und hauen ab nach Zürich, nach Hause!", schlug Veronika vor.

„Ja, gerne! Im Moment haben wir genug von Venedig!"

„Hoffentlich nur im Moment!"

„An mir soll's nicht liegen! Komm in meine Arme, denn ich hoffe, *da* bist du wirklich zu Hause!"

Wieder in Zürich meinte Samuel zu Veronika: „Ich muss mir allen Ernstes einen neuen Job suchen! Wir können nicht ohne Einkünfte drauflos leben und dein Geld nach und nach verprassen. Die Realisierung unserer Pläne in Venedig verschlingen vermutlich auch Unsummen!"

„Was stellst du dir denn vor, Herr Doktor der Ägyptologie?", fragte Veronika interessiert.

„Irgendwas in der Werbung! Ich interessierte mich immer schon für die Kunst der Verführung in der Werbebranche, durch die man Dinge kauft, die man eigentlich gar nicht braucht. Es gibt gerissene und lustige Werbung, aber auch blöde und stumpfsinnige. Die Empfindungen sind natürlich Geschmacksache!"

Samuel hatte wieder einmal Glück, denn er fand nach relativ kurzer Zeit eine gute Anstellung in einer bekannten Zürcher Werbeagentur, die namhafte Kunden aus der Wirtschaft mit einem gut gefüllten Etat betreute. Gute Ideen waren gesucht und Gold wert.

Venedig war für beide kein Thema mehr bis zum nächsten Frühjahr. Zudem war Veronika im dritten Monat schwanger, und beide freuten sich darüber königlich. „Es wird wahrscheinlich ein Bub, meint der Arzt", erläuterte Veronika. „Was für einen Namen soll er tragen?"

„Ich plädiere für den Namen meines Ziehvaters und vielleicht als zweiter Vorname noch den meines Erzeugers! Was meinst du?"

„Sehr einverstanden! Also: Willkommen auf dieser manchmal komplizierten und verrückten Welt, die doch so schön sein kann, Armin und Giuseppe! Darauf wollen wir eine Flasche Champagner köpfen!"

„Ist zwar noch etwas früh. Aber wir können uns gar nicht genug freuen, Liebste. Doch dann schone dich und unseren Jungen und nimm vorerst keine Arbeit an!"

Sie besuchten während des Winters auch einige Mal einen Gottesdienst in Samuels alter Kirchgemeinde und waren durch das Erleben sehr angetan, konnten sich aber nicht entscheiden, dem praktisch erste Priorität in ihrem Leben zu geben, wie dies aus den Predigten oftmals herauszuhören war.

„Diese Prediger haben im Prinzip schon Recht, aber sind wir dazu im Moment nicht noch etwas zu jung und zu beschäftigt?"

Niemand wusste und gab darauf eine schlüssige Antwort. Diese muss wohl jeder Mensch selbst finden. Viele finden sie allerdings erst, wenn es zu spät ist!

In Venedig gab es diesen Winter tatsächlich einige Mal Acqua Alta, das berüchtigte Hochwasser, und Samuel und Veronika hofften, die Leiche dort in der Unterwelt ihres Palazzos würde dadurch zersetzt oder gar weggetragen, vielleicht sogar vom Meergetier gefressen.

Im Februar kam endlich die endgültige Überschreibung des Palazzo. Eine Baufirma in Venedig erstellte eine umfangreiche Offerte für eine ebenso umfangreiche Renovation oder besser gesagt einem Umbau für ihren Traum, ein kleines, aber feines Hotel. Die geschätzten vorläufigen Kosten erschreckten sie jedoch sehr, nämlich etwa 1,5 bis 2 Millionen Euro

„Die gegenwärtig niedrigen Hypothekarzinsen in der Schweiz erlauben vielleicht solch ein Geschäft", meinte ihr Banker in Zürich. Sie wünschten ausdrücklich eine Schweizer Bank als Geldgeber. So vereinbarten sie mit der Baufirma in Venedig eine erste Bauetappe und dann etwas später eine zweite.

Zuallererst wollten sie, dass das zutiefst liegende Kellergewölbe sicherheitshalber vor dem allgegenwärtigen Wasser zugemauert werden solle. Es graute ihnen immer noch davor, was dort vor einem knappen halben Jahr geschehen war.

25

Samuel und Veronika wollten ihren Palazzo Amadoni umbenennen in den Palazzo Vienna, und die etwa möglichen sechzehn Hotelzimmer nach österreichischen und schweizerischen Städten benennen. Hochfliegende Pläne! Es wurde dringend nötig, die nächste Reise anzutreten, auch wenn Veronika nun hochschwanger war. Aber Venedig ist ja nicht so weit weg. Nur wurde die Reise mit dem PKW etwas mühsam, wenn nicht sogar ärgerlich.

Es begann schon vor dem Gotthard-Tunnel, wo sie Schneeketten montieren mussten. Graupelschauer und starker Wind waren stete Begleiter bis kurz vor Venedig. Dort leuchtete die Sonne hervor zwischen immer noch tiefliegenden Wolken. Doch es war wesentlich wärmer. „Sieht so aus, als heisst uns wenigstens Petrus willkommen!", atmete Veronika auf.

Über den Ponte della Libertà gelangten sie mit ihrem Wagen direkt ins Zentrum der Stadt und ins dortige Parkhaus. Viele finden den dortigen Tagesansatz von zwanzig Euro überrissen. Wie man's nimmt! In

Manhattan im Herzen von New York zahlt man oft für eine Stunde Parking so viel!

Dort im Parkhaus war es schon ziemlich warm, und Samuel zog seine Jacke aus. Sein kurzärmliges Hemd gab den Blick frei für seine goldene Armbanduhr, aber er dachte sich nichts dabei. Nochmals zurück in seinem Wagen suchte er alle wichtigen Papiere zusammen, um nicht bestohlen zu werden. Dabei klopfte ein Mann, vermutlich Inder, an sein Wagenfenster. Samuel liess die Scheibe herunterfahren, während der Mann ihn ziemlich nervös in einem Kauderwelsch fragte, ob er für seinen Fünf-Euro-Schein nicht Kleingeld habe. „Moment", erwiderte er, klaubte vorsichtig seine Geldbörse hervor und suchte die entsprechenden Münzen.

Der ‚Inder' fuchtelte wie wild um seine Hände herum, ein Stadtplan von Venedig verdeckte seine untere Hand. Samuel wollte ihm sagen, er soll seine Pfoten wegnehmen, aber der Kerl verstand ja wohl kaum ein Wort Italienisch oder Englisch. So suchte er weiter vorsichtig in seinem Portemonnaie nach Kleingeld, damit ihm dieses nicht geklaut werde. Plötzlich war der Kerl weg und wie vom Erdboden verschluckt. Den Kopf schüttelnd versorgte Samuel seine Börse und entdeckte dabei erschrocken, dass seine Golduhr weg war.

„Der Saukerl hat mir meine Uhr geklaut!", rief er wütend und zugleich auch beschämt über seine Dummheit.

„Gehen wir zur Polizei und melden den Diebstahl", meinte Veronika mit versöhnlicher Stimme.

„Um dort tüchtig ausgelacht zu werden? Liebste, die haben hier doch täglich solche Diebstähle und reissen sich begreiflicherweise kein Bein mehr aus, um etwas Alltägliches abzuklären. Nein, ich bin ein Esel und etwa 10'000 Franken sind futsch! Komm in unser Hotel und lass uns Trost finden bei einem grossen Schnaps!"

„Ich wüsste da noch einen anderen Trost!"

„Und der wäre?"

„Bist du wirklich ein kleiner Esel? Oder glaubst du, in der Schwangerschaft könnte das unserem werdenden Sohn schaden?", lächelte Veronika.

„Ich werde ganz liebevoll und vorsichtig sein!"

„Nicht zu vorsichtig! Schliesslich kommt hier der Frühling. Spürst du ihn nicht auch in deinem Blut?"

„Wenn ich dich sehe, dann das ganze Jahr!"

26

In ihrem Palazzo suchten Veronika und Samuel mit Schaudern zuerst den tiefen Keller auf.
Sie fanden tatsächlich nur noch einige wenige verblichene Knochen. „Die könnten aus irgendeinem Jahrhundert stammen", meinte Veronika, aber mit grusligen Gefühlen.

„Ja, nur nicht, wenn diese Überreste kriminaltechnisch untersucht werden. Dann stammen sie nämlich vom letzten Spätherbst", erwiderte Samuel. „Komm, diese Möglichkeit besteht praktisch nicht. Wir lassen das liegen, denn ich kann diese Reste nicht anfassen!"

Fluchtartig preschten sie die Treppe hinauf in das obere Kellergewölbe. Dort entdeckten sie etwas Sensationelles:

In einem kleinen und verborgenen Tresor in der Wand aus uraltem Gestein mit ebenso veraltetem Schloss und simpler Mechanik, den man allerdings zuerst entdecken musste, fanden sie ein altes Ölgemälde, doch tatsächlich vom ‚ihrem' Nil, vermutlich eine Ansicht von Khartum! Daneben lagen verstaubt einige Bündel alter Lira-Scheine, jetzt freilich wertlos. Hingegen entdeckten sie auch etliche alte Goldmünzen, vermutlich aus der Glanzzeit der Republik Venedig, und diese waren gewiss sehr wertvoll.

„Geld kommt und geht, und Gold bleibt!" sinnierte Samuel. „Wie sagte schon mal Goethe? ‚Am Golde hängt, nach dem Golde drängt doch alles'! Wir gehen mit diesen alten Münzen zu einem anerkannten Numismatiker, machen uns aber zuvor selbst schlau über den tatsächlichen Wert dieses kleinen Schatzes."

„Heute geschieht etwas gar viel, meinst du nicht auch?", beschwichtigte Veronika. „Lass uns die Sache überschlafen. Vielleicht hat sogar ein Museum Interesse an unserem Fund!"

„Und kein Budget, um diesen abzukaufen!"

„Dann behalten wir ihn und vermachen diese Münzen unserem kommenden Sohn!"

„Und das Ölgemälde vom Nil?"

„Das hängen wir auf in unserem Hauptwohnsitz, wo der auch sein mag!"

„Zürich, Wien oder Venedig?"

„Wegen mir auch in Ouagadougou. Wo immer du willst, denn überall, wo du bist, ist für mich Heimat!"

„Nur wie lange? Es gibt sicher noch schönere Orte als die Hauptstadt von Burkina Faso! Warst du schon mal dort?"

„Einmal! Aber ich erinnere mich nur noch ans Schwitzen vor morgens bis abends und von abends bis morgens. Und es gab als Dusche nur schönes braunes Wasser!"

„Das bessert sicher von Jahr zu Jahr!"

„Darum schlage ich vor, wir warten mit solchen Plänen noch einige Zeit als moderne Kulturbanausen!"

„Gerne einverstanden. Und nun lass uns eine tüchtige Portion Spaghetti all'arrabiata essen und die Ereignisse des Tages möglichst mit einem Glas Wein vorübergehend vergessen."

27

Am nächsten Morgen regnete es wieder in Strömen und jedermann befürchtete ein neues Acqua Alta, das aber diesmal nicht eintraf. Man konnte also ohne Gummistiefel durch die schmalen Gassen und über die unzähligen Brücken schreiten. Auch der Gestank in etwas abgelegenen Kanälen hielt sich in Grenzen.

Samuel und Veronika trafen sich mit ihrem Architekten und mit dem Bauunternehmer.
„Wenn man nur besser Italienisch könnte", klagte Samuel. „Die Zahlen können wir lesen, allerdings *wie* die Kerle zu diesen Zahlen kommen, bleibt uns verborgen. Also bleibt uns nur, die Arbeiten so gut wie möglich zu überwachen und dann zu zahlen. Doch jetzt musst du nach Hause, denn du könntest jederzeit niederkommen und uns den Stammhalter schenken!"

„Ich wäre ja vermutlich nicht die erste Frau, die in Venedig ein Kind zur Welt bringt! Sei doch nicht so ängstlich, Liebster. Es wird gewiss keine Komplikationen geben!", beruhigte Veronika ihren Mann, der immer aufgeregter wurde, je näher der grosse Tag kam.

Venedig war zu dieser Zeit noch nicht hoffnungslos überlaufen von Touristen. Man konnte sogar am Markusplatz in Ruhe einen Kaffee geniessen, von alten, glanzvollen und verschwundenen Zeiten der Stadt und Republik Venedig träumen oder für die Zukunft planen.

Es ist und bleibt schon ein besonderes Gefühl, wenn man die Wunder dieses Platzes betrachtet, den Dogenpalast, die Basilica San Marco, den Campanile, die Piazetta! Selbst die Gondolieri paddelten zu einigermassen vernünftigen Preisen durch die Kanäle. In solchen Tagen der milden Frühlingssonne, in der nach dem Regen alles wie gewaschen aussah, vor allem auch die Luft, war hier schon noch ein Paradies zu entdecken, wenn man sich nicht an Kleinigkeiten ärgerte.

Nun, an Kleinigkeiten ärgerten sich Samuel und Veronika nicht. Im Gegenteil, sie lächelten darüber und beklagten oft die Spiessigkeit der deutschsprachigen Länder. Hingegen ärgerten sie sich gewaltig an grösseren Dingen, wenigstens für sie grössere. Die Bau- und Reparaturarbeiten in ihrem Hotel oder Palazzo Vienna zogen sich dahin, und die Teuerung galoppierte davon.

„Wenn das so weiter geht, können wir das Hotel gleich der Bank zu einem Spottpreis überlassen oder den Konkurs anmelden!", war Samuel überzeugt.

Wieder einmal mehr sah Veronika optimistischer in die Zukunft und erklärte: „Sei doch kein Schwarzseher! Wir können doch mit den Arrangement-Preisen etwas auffangen und bewusst auf Gäste im oberen Preissegment setzen. Das Danieli ist in der Dollar- und Eurokrise doch für viele zu teuer geworden. Das ist bald nur noch für Leute wie Dagobert Duck bei Mickey-Mouse erschwinglich. Übrigens: Ich belege hier jetzt einen Italienisch-Kurs! Du hast mir ja praktisch verboten, während der Schwangerschaft zu arbeiten. Ich mach dies aus Vergnügen. Nicht für die künftigen Gäste des Vienna, sondern um für einen günstigen Preis feilschen zu können für den Einkauf all dessen, was ein Hotel braucht!"

„Es ist einfach grossartig, wie positiv du denkst", meinte Samuel, durch ihre Euphorie selbst wieder etwas munterer geworden. „Ein verkappter italienischer Herzog sollte eigentlich auch etwas Italienisch können! Frau Gräfin, nehmen Sie mich mit zu Ihrem Kurs?"

„Wenn du der Lehrerin keine schöne Augen machst schon. Sie ist nämlich ein kleines Teufelsweib mit italienischer erotischer Ausstrahlung!"

„Wer kann mir denn um dich herum gefährlich werden?"

„Ich erinnere dich gegebenenfalls daran!"

28

Die Italienisch-Kurse nahmen in Zürich ihre Fortsetzung, und dort wurde von einem älteren Herrn unterrichtet. Somit waren eventuelle Gefahren gebannt. Aber eben nicht alle! Denn auch Zürich ist längst nicht mehr ein friedliches Dorf!

So schockierte Samuel und Veronika riesige Schmierereien aus Spraydosen an der teueren Fassade ihres Hauses, wie „Kapitalisten-Schweine, Abzocker, pfui Teufel" und so weiter.
Die geschätzten Kosten zur Fassadenreinigung beliefen sich pro Wohnung auf etwa 10'000 Franken. Die Hausverwaltung schlug vor, diesen Betrag nicht aus dem Erneuerungsfonds, sondern aus dem Portemonnaie der Eigentümer zu begleichen. Entsprechend war die Stimmung unter den Bewohnern gereizt.

„Wir gehen erst mal gepflegt essen, um das zu verdauen", schlug Samuel vor. „Als Kapitalisten-Schweine können wir uns das allemal leisten!"

Zürich hat viele Nobelrestaurants, die sich in saftigen Preisen überbieten. Darunter auch altbekannte und gepflegte wie die Kronenhalle beim Bellevue. Das Essen war dort wirklich gut, doch die Bedienung, ja auch das ganze Ambiente liess heute Abend zu wünschen übrig, was Veronika veranlasste zu sagen: „Unser Hotel in Venedig muss aber kundengerechter und gastfreundlicher sein, um nicht zu sagen herzlicher!"

Gegen Mitternacht zurück in der Parkgarage, war ihr Wagen, ein mittlerer, jedoch nahezu neuer BMW, weg und gestohlen. Auf der Polizeiwache mussten sie hören, dass dies leider kein Einzelfall sei und das alte Wort doch etwas Wahres an sich habe: „Machen Sie Urlaub in Polen. Ihr Wagen ist schon dort!"

„Die Taxis in Zürich haben mit den Gondoliere in Venedig etwas gemeinsam: Unverschämte Preise!", konstatierte Veronika und klagte über einsetzende Wehen.

„Soll ich dem Chauffeur sagen, dass er warten soll und wir gleich ins Spital fahren?", fragte Samuel besorgt und sehr aufgeregt.

„Nein, Liebling! Wir warten noch. Es geht, glaube ich, wieder vorbei!"

Um vier Uhr morgens kamen die Wehen wieder, und diesmal heftiger. Sicher, auch dann kann man ein Taxi bestellen, aber es dauert etwas länger. Samuel hatte panische Angst, dass auf dem Weg ins Spital die Geburt schon im Taxi beginnen würde. Doch alles dauerte noch bis um etwa zehn Uhr, bis ein kleiner Schreihals das Licht dieser Welt erblickte. Erschöpft und glücklich drückte Veronika ihren Sohn an ihr Herz und flüsterte noch schweissgebadet: „Nun habe ich zwei Lieblinge, und ich darf reich sein!"

Samuel lächelte gequält und doch auch freudig und stolz nach diesen Aufregungen. Bei sich ganz im Stillen dachte er: „So eine Geburt ist einerseits wunderbar, zum andern aber auch eine grausame Tortur. Darum gilt für mich wohl die Devise: ‚Nie wieder Krieg'!"

Zu Veronika gewandt meinte er aufmunternd: „Komm mit unserem kleinen Schatz so schnell wie möglich nach Hause!"

„Kannst du denn auch Windeln wechseln?"

„Ich lerne schnell, wie du bemerkt haben solltest! Für deine Heimkehr miete ich mir für einen Tag einen Rolls Royce!"

„Kauf lieber für die Not einen Smart, damit wir beweglich bleiben!"

„Dein Wunsch sei mir Befehl!"

29

Genau zum Zeitpunkt der Heimkehr war die Hausfassade wieder gereinigt und geflickt, und Samuel holte die beiden tatsächlich mit einem Smart ab. Kaum zu Hause, klingelte das Handy. Venedig und ihr Zukunftsprojekt verlangten dringend jemand vor Ort zur Klärung vieler Fragen. Zudem schrillte auch das Haustelefon und verlangte Samuel so schnell wie möglich in der Werbeagentur, denn ein Riesenauftrag stehe auf der Kippe.

„Ihr könnt mich allemal", rief er genervt. „Zuerst kommen nun meine Frau und mein Sohn! Alles andere ist zweitrangig!"

Verständlich, aber das hatte Folgen! Venedig lag den zweien doch etwas näher als Samuels Job, und er entschloss sich, in drei Tagen im künftigen Hotel Vienna vorzusprechen. Dafür zeigten die Werber kein Verständnis, und er erhielt noch während seines Aufenthaltes in der Lagunenstadt den Blauen Brief. „Niemand kann gleichzeitig auf zwei Hochzeiten tanzen", beruhigte Samuel seine Frau am Telefon, aber innerlich war er doch hin und hergerissen.

„Ich richte uns eine schöne kleine Dreizimmerwohnung mit einem Balkon mit Sicht auf den Canale Grande ein, Veronika. Dort können wir träumen und schwärmen zu feinen Spaghetti all'Arrabiata aus der Hotelküche. Die grosse Wohnung in Zürich verkaufen wir und tauschen diese mit einem Zweizimmer-Appartement, so dass wir in der toten Zeit in Venedig unser Heimweh nach der Schweiz abschütteln können!"

„Und unser Sonnenschein ist auch zu ewiger Wanderschaft verurteilt? Wie stellst du dir das vor, wenn er mal zur Schule geht?"

„Ach Liebste, lass uns zu Hause in aller Ruhe darüber sprechen! Bis dahin vergehen noch einige Jahre. Oder ist der Junge schon so gewachsen?"

„Witzbold! Komm wieder auf den Boden der Realität und nach Hause zurück!"

Mit unguten Gefühlen ging Samuel seiner ziemlich nervenaufreibenden Arbeit nach und sehnte sich wirklich nach Hause zurück. Wie dem so ist, wenn man nur mit halben Herzen und halben Verstand bei der Sache ist, entstehen auch nur halbe Sachen.

„Ich bin von den Wünschen, Vorstellungen und aktuellen Fragen und Problemen richtiggehend gefoltert. Sollen wir Venedig fahren lassen und verkaufen? Einen russischen oder chinesischen Investor, die vor lauter Geld platzen, finden. Und dann auf Nimmerwiedersehen, schönes Venezia?"

Zur Klärung dieser tausend Gedanken brauchte es nur noch einige Tropfen, die das Fass zum Überlaufen bringen würden. Und diese Tropfen waren bald mal da, nicht in der Form von einem erneuten Acqua Alta! Es waren eigentlich keine Tropfen, sondern ein Gewittersturm der Seele.

Veronika wurde plötzlich ernsthaft krank und Samuel fuhr Tag und Nacht wie ein verrückt Gewordener mit seinem Smart nach Hause zurück.

30

Wie ein Trunkener erschien er bei seiner Frau im Krankenhaus, die an Infusionen aller Art angeschlossen und kaum ansprechbar war. Samuels Ein und Alles sah blass und eingefallen aus. Er erschrak zutiefst, wie eigentlich noch nie in seinem Leben.

Als Veronika nach langer Zeit stockend hervorwürgte: „Was immer auch geschieht, ich liebe dich!", weinte er wie ein Kind.

Ihr Sohn wurde in einer besonderen Kinderkrippe gepflegt. Samuel brachte es nicht übers Herz, das Baby dort zu besuchen. Es hätte ihn gebrochen, und er verschob diesen Besuch auf später. Seine ganze Konzentration galt im Moment Veronika, und er verlangte mit Nachdruck, den zuständigen Oberarzt zu sprechen. Wie ein Gespenst stand am Eingang der Abteilung, in der Veronika lag, das Wort „Onkologie"! Dieser Begriff hämmerte in seinem Gehirn und in seinem Innersten quälend.

Dr. Hochfelder sah ihn mit ernster Miene an, ehe er den Mund öffnete. Samuel hatte das feste Gefühl, er schaue auch mitleidig zu ihm. Schliesslich meinte er: „Ihre Frau, Herr Dr. Kreuzer, ist im Moment in einem sehr schwachen Zustand. Aber wir tun alles in unserer Macht stehende für sie!"

„Sagen Sie mir klipp und klar die Wahrheit, und reden Sie nicht um den heissen Brei herum, Doktor. Was für eine Art Krebs ist das, und hat meine Frau eine Chance?"

„Heute ist die Medizin zum grossen Glück auf diesem Gebiet weit fortgeschritten …"

„Ja, ich weiss", unterbrach ihn Samuel ungeduldig. „Aber Ihr seid trotzdem nicht Gott! Also?"

„Ihre Frau hat Bauchspeicheldrüsen-Krebs. Bis jetzt haben wir jedoch keine Metastasen gefunden. Mit Chemo-Therapie und Bestrahlungen sind die Heilungschancen intakt."

„Bis jetzt, sagen Sie. Oder lügen Sie mich schon jetzt an? Ich will völlige Klarheit, und meine Frau auch. Wir sind Realisten, und was noch wichtiger ist: Wir sind auf unsere Art gläubig und glauben fest, dass es ein Leben nach diesem Leben gibt."

„Schön für Sie! Das gibt Halt und Kraft! Wir werden Sie laufend orientieren und selbstverständlich auch vor jeder Behandlung und jedem Eingriff um beider Einverständnis bitten. Sie können auch bei Ihrer Frau bleiben, denn sie ist Privatpatientin. Wir stellen Ihnen gerne ein zusätzliches Bett ins Zimmer!"

„Also so ernst ist die Lage?"

„Eigentlich schon. Aber es geschehen immer wieder Wunder!"

„Kann ich Sie jederzeit erreichen, Doktor?"

„Ja, ich gebe Ihnen sogar meine Privatnummer!"

„Schön von Ihnen! Aber dies sagt mir auch genug! Wie lange noch?"

„Sie haben selbst erwähnt: Wir sind nicht Gott!"

31

Wie könnte man die nächsten Tage beschreiben? Alle Worte und Ausdrücke sind zu blass, um die Stürme, nein, sogar die Hölle, die beide durchlebten, zu schildern.

Samuel blieb tatsächlich im Krankenzimmer seiner Frau. Wenn diese dank sehr starker Schmerz- und Schlafmittel ab und zu mal schlummerte, rasten seine Gedanken in viele Richtungen. „Ich muss aufpassen, dass ich nicht wahnsinnig werde! Oder wäre dies eine Art Erlösung?"

Dutzende Male flüsterte oder schrie er leise „Veronika, du darfst nicht von mir gehen. Ohne dich ist mein Leben eine einzige Qual!"

Eines Tages – oder war es bereits wieder Nacht? – meinte Veronika mit erstaunlich kräftiger Stimme: „Liebster, geh bitte mal zu deinem Kirchenmann und hole bei ihm Rat und Trost. Tue es mir zuliebe!"

„Auf dein Bitten hin will ich gehen!", reagierte er ganz gebrochen. Für sich dachte er: „Es ist eigentlich schon gemein von uns Menschen. Wenn wir in grösster Not sind, ist der alte Gott plötzlich wieder recht. Aber immerhin besser, als es manche halten und sagen: ‚Wenn es einen Gott gäbe, so könnte er solches gar nicht zulassen!' "

Am nächsten Tag suchte er „seinen Laienprediger" auf und klagte ihm den ganzen Jammer. Dieser hörte sich alles an, ohne Samuel mit frommen Worten zu unterbrechen. Wie tat das ihm gut, den Kummer, den Groll, die Verzweiflung des Innersten mal zu öffnen wie eine Schleuse. Ein warmer Blick, ein sanfter Händedruck und die fast scheue Frage, ob er seine Frau als Seelsorger mal kurz besuchen dürfte, war wirklich ein Anflug von Trost.

Die Ärzte blickten Samuel nach seiner Rückkehr ins Hospital verlegen und bedauernd an. „Was ist denn jetzt wieder los?", fragte dieser ungehalten.

„Ihre Frau ist im Moment im OP und hat einen sehr schwierigen Eingriff. Sie können dort nicht hin! Wir hoffen, sie retten zu können. Sie erlitt einen totalen Kreislaufzusammenbruch, den wir uns rein medizinisch nicht erklären können. Hatte Ihre Frau Gemahlin vielleicht verbotene Medikamente dabei und geschluckt?"

„Seid ihr verrückt?", stammelte Samuel fassungslos und stürmte in Veronikas Zimmer. Dort fand er einen Zettel, auf dem mit zittriger Schrift Folgendes mühsam zu lesen war:

„Mein liebster Samuel! Ich will nicht, dass du Tag für Tag leidest, weil du meinen körperlichen Zerfall mit ansehen musst. Wir hatten eine wundervolle Zeit zusammen! Ein weiser Mann sagte mal: ‚Es kommt nicht darauf an, wie viele Jahre man lebt, sondern dass man die Jahre mit Leben erfüllt!'
Auf Wiedersehen in einer besseren Welt. In tiefer Liebe deine Veronika.

P.S. Sorge bitte für unseren Sohn. In dir und auch in ihm werde ich weiterleben!"

32

Für Samuel brach alles zusammen und sein Leben bekam eine völlig andere Wertvorstellung.
Was wichtig war, wurde nichtig! Was gross war, wurde klein und unbedeutend.

Er gab den völlig verblüfften Leuten in Venedig den Auftrag, den Palazzo zu verkaufen, möglichst an einen reichen Russen oder Araber. Der Preis sollte nicht das Wichtigste sein. Wichtig war für ihn nur weg mit all den Plänen für die Zukunft. Auch seine schöne Wohnung in Zürich fand bald einen betuchten deutschen Interessenten und Käufer.

Er wohnte bald in einer kleinen Suite in einem Hotel, zusammen mit seinem Sohn, der schon die ersten Worte babbelte und ihn oft anlächelte. In seinem Babygesicht vermeinte er, Veronikas Abbild zu sehen, und er flüsterte ihm ins Ohr: „Junge, wir bleiben zusammen, komme, was wolle. Ich erzähle dir dann später von der schönsten und liebsten Mutter, die du hast. Sie schaut auf uns!"

An die Trauerfeier konnte er sich kaum mehr erinnern. Diese fand in „seiner" Kirche statt durch „seinen" Seelsorger. Er war aber so betäubt und so abwesend, dass er nicht mehr wusste, was gesagt und gepredigt wurde. Er weinte die ganze Zeit, wohl ohne Tränen, still vor sich hin.

Etwa einen Monat später kam er mit diesem Laienprediger wieder zusammen, der ihm das Wesentlichste wiederholte und erzählte. Dann fragte Samuel: „Haben wir im Lande Burundi in Afrika auch eine Gemeinde?"

„Sie glauben es kaum. Ja, mehrere! Warum? Wollen Sie dorthin?"

„Ja, in die Nähe zu den Quellen des Nils, nach der Stadt Gitega!"

„In wenigen Augenblicken kann ich Ihnen ein Verzeichnis unserer Gemeinden in Burundi übermitteln! Wohl nicht auf dem neuesten Stand, aber es gibt Ihnen erste Anhaltspunkte."

„Ich warte brennend darauf!"

„Doch was geschieht mit Ihrem Sohn? Wollen Sie ihn auch zur Adoption freigeben?"

„Niemals! Er bleibt bei mir!"

„Gibt es dort Schulen, Krankenhäuser und alles Nötige zum Leben?"

„Ich kläre das ab. Und wenn es nichts dergleichen gibt, dann rufe ich dies alles ins Leben. Das ist künftig der Sinn meines Daseins!"

„Überlegen Sie alles gründlich. Und soll es soweit kommen, so gehen Sie mit Gottes Segen!"

33

Nach einem Vierteljahr war es soweit. Samuel ging auf grosse Reise, und zwar die gleiche Route, wie zuvor mit Veronika. Sein Sohn, inzwischen schon halbjährig, schlummerte meist auf dem langen Weg nach Nairobi, Kampala bis hin zur Stadt Gitega. Diese zählt inzwischen gut 20'000 Einwohner, wobei die Armut allgegenwärtig ist und einen Mitteleuropäer geradezu anschreit. Aber die meisten Menschen sind zufrieden und dankbar, wenn sie etwas zwischen die Zähne kriegen. Die Amtssprache ist Kirundi, die zum Stamm der Bantusprachen zählt, jedoch auch Französisch.

Samuels Hotel stand ebenfalls noch, und er verlangte das gleiche Zimmer wie letztes Mal. Ob dieses inzwischen wohl einmal an einen Gast vermietet wurde? Wohl kaum! Und wer kam denn da ihm entgegengehumpelt? Der Fahrer von damals, Josua, der seit dem Skorpionstich immer noch etwas hinkte. Aber er freute sich königlich, seinen Gast wieder zu sehen.

„Wo hat der Herr denn seine Frau, die sehr schöne Dame?"

„Im Himmel, Josua! Komm, ich zeige dir unseren gemeinsamen Sohn, der mich täglich mit ihr verbindet!"

„Gott möge ihr gnädig sein", flüsterte Josua.

„Bist du Christ und bist du gläubig?"

„Aber natürlich! Wie kann man denn ungläubig sein?" Er nannte den Namen seiner Kirche. Und Samuel durchfuhr es wie ein Stromstoss, denn er nannte ‚seine' Kirche.

„Habt ihr hier eine Gemeinde?"

„Ja, kommen Sie mal mit? Wir haben hier eine ganz einfache Kirche aus selbstgemachten Backsteinen gebaut. Nur das Wellblechdach wurde uns geliefert!"

„Gerne, denn das ist auch meine Kirche!"

„Gestatten Sie, dass ich Sie umarme? Dann sind wir Brüder!"

Einige Zeit später, Samuel war längst Mitglied jener kleinen Kirchgemeinde, meinte er zu Josua: „Wenn wir hier an einem Abend zusammensitzen, über uns der Sternenhimmel, um uns eine wohltuende Ruhe, vor uns ein knisterndes Feuer, und wir erzählen aus unserem Leben, singen Lieder, dann vergesse ich die ganze sogenannte Zivilisation, Europa, das Gehetze, die Lügen und einfach alles! Hier bauen wir zunächst eine Schule, und hier eröffne ich eine einfache Apotheke, und hier bohren wir Brunnen und betreiben eine gute Landwirtschaft, dass niemand zu hungern braucht. Wir bauen ein kleines und bescheidenes Paradies!"

„Aber das kostet auch hier Geld!"

„Ja, ich habe da einiges, mit dem man hier hundertmal mehr fertigbringt als in Europa. Dazu fliege ich ab und zu nach Nairobi zu einer Bank. Willst du mal mitkommen?"

„Oh ja, dann sehe ich mal einen Teil der Welt!"

Beim Rückflug meinte Samuel etwas verwirrt und kleinlaut: „Schön, dass wir wieder ins beschauliche Gitega kommen!"

Veronika und Samuels Sohn Armin Giuseppe entwickelte sich prächtig. Auf die Frage, was er denn einmal werden möchte, meinte der kleine Knirps: „Arzt für Gitega!"

Nun, das war auch dringend nötig, dass die Leute nicht dahinsterben wie die Fliegen wegen der kleinsten Krankheit.

Auch an den Quellen des unergründlichen und unendlichen Nils ist noch vieles möglich!

Weitere Bücher von F.U. Ricardo bei Books on Demand

Brot und Salz
ISBN 978-3-8391-1612-8, Paperback, 140 Seiten
Die Kerze
ISBN 978-3-8391-1882-5, Paperback, 164 Seiten
Der Raub des Luzerner Mädchens
ISBN 978-3-8370-3802-6, Paperback, 164 Seiten
Die mystische Zahl Sieben
ISBN 978-3-8391-8774-6, Paperback, 200 Seiten
Drama am Weissfluhjoch und am Tafelberg
ISBN 978-3-8370-3567-4, Paperback, 180 Seiten
Drei Welten – drei Leben
ISBN 978-3-8370-9983-6, Paperback, 220 Seiten
Eifersucht
ISBN 978-3-8370-8259-3, Paperback, 196 Seiten
Einsame Spitze
ISBN 978-3-8423-3777-0, Paperback, 172 Seiten
Grosser kleiner Mann? – Kleiner grosser Mann
ISBN 978-3-8391-5212-6, Paperback, 180 Seiten
Leuchttürme
ISBN 978-3-8391-1170-3, Paperback, 124 Seiten
Mit Scherz und Schmerz zum Herz
ISBN 978-3-8391-5285-0, Paperback, 168 Seiten
Nichts Neues! Wirklich?
ISBN 978-3-8391-1067-6, Paperback, 124 Seiten
Paradies und Hölle in Ascona – Schmelztiegel
ISBN 978-3-8423-7873-5, Paperback, 344 Seiten
Reicht ein Quadratmeter?
ISBN 978-3-8391-4807-5, Paperback, 136 Seiten
Sehnsucht Puszta
ISBN 978-3-8391-4148-9, Paperback, 140 Seiten
Späte Ehre
ISBN 978-3-8423-6031-0, Paperback, 168 Seiten
Wolken über der Toskana
ISBN 978-3-8391-4431-2, Paperback, 140 Seiten